Rüdiger Jope

Kleine Glücklichmacher

Geschichten zum Aufatmen

BRUNNEN
Verlag Giessen · Basel

2. Auflage 2012

© 2011 Brunnen Verlag Gießen
www.brunnen-verlag.de
Umschlaggestaltung: Ralf Simon
Umschlagmotiv: Shutterstock, iStock
Satz: DTP Brunnen
Herstellung: CPI – Ebner & Spiegel, Ulm
ISBN 978-3-7655-1656-6

Inhalt

*In Dankbarkeit meinem geistlichen Vater
und ermutigenden Mentor Martin*

Immer für eine Überraschung gut

Frankfurt Airport. Schalter der El-Al, der staatlichen Fluggesellschaft Israels. Sicherheitscheck. Hochnotpeinliche Befragung.

Rüdiger ist an der Reihe.

„Beruf?"

„Pastor."

Der Sicherheitsbeamte runzelt die Stirn. Der junge Mann an dem Stehtischchen vor ihm trägt zerschlissene Jeans, Kapuzenpulli, Ohrring und ein Basecap über nackenlangen Haaren. Zugegeben, wie ein Pfarrer sieht er nicht gerade aus.

Erneute Nachfrage. Gleiche Antwort. Ein bisschen Wortgeplänkel, das Gespräch dreht sich im Kreis.

Eine letzte Frage soll Klärung bringen: „Worüber haben Sie denn gepredigt am Sonntag?"

Kritische Blicke begleiten die Worte.

Rüdiger fackelt mit seiner Antwort nicht lange: „Über Guildo Horn. ‚Piep, piep, piep: Jesus hat euch lieb.'"

Das ist zu viel. Das Gesicht des Fragenden läuft rot an, seine Augen treten hervor, sein Atem rasselt. Da fühlt sich einer mächtig veräppelt. Au weia.

7

Ich stehe direkt daneben und sehe Rüdiger schon in Sicherheitsverwahrung und mich selbst unsere geplante Pilgerreise allein antreten. Da fällt mir ein, dass ich einen Gemeindebrief mit Rüdigers Bild in der Tasche habe. Der Mann studiert ihn ausgiebig. Sein Blutdruck sinkt zusehends, die Situation klärt sich. Wir dürfen passieren.

Diese kleine Episode sagt eine Menge aus über Rüdiger Jope. Der Mann passt in keine Schublade. Nicht als Typ und nicht als Prediger. Schon mal jemanden auf dem Laufband predigen gehört? Schon mal eine Harry-Potter-Predigt vernommen? Rüdiger spricht mitten aus dem Leben.

Und so schreibt er auch: Aktuell und aus der ersten Reihe. Voller Wortwitz und Lust am Formulieren. Mit einem guten Auge für die kleinen Dinge des Alltags. Voller Liebe für seine Frau Ingrid und seine Tochter Anna und eine Menge Menschen mehr. Dazu mit einer Portion – doch, man darf dies große Wort benutzen – mit einer Portion Weisheit. Weisheit, die er einem Leben abgerungen hat, das nicht immer gut zu ihm war.

Manche macht ein schweres Leben bitter. Anderen verleiht es Tiefe. Und diese Tiefe mit seinem Lausbubencharme zu verbinden, das ist Rüdiger Jopes besonderes Charisma. Da liegen Lachen und

Weinen und Weinen und Lachen ganz eng beieinander. Und in beidem spürt man Gottes Gegenwart. Ganz unaufdringlich mittendrin.

Wir sind Freunde. Seit unserem Zivildienst bei der Heilsarmee in Hamburg. Immer wieder haben wir uns gegenseitig inspiriert. Miteinander gepredigt und Artikel gemeinsam geschrieben. Wir schreiben beide gerne Geschichten. Daraus sind Bücher geworden. Weil ich älter bin, war ich etwas früher. Nun legt Rüdiger nach. Und wie! Das macht mich – mit Verlaub – schon ein bisschen stolz.

Frankfurt, Airport. Glauchau, Bahnhof. Hamburg, Reeperbahn. Wo auch immer. Wer auch immer, aber immer für eine Überraschung gut. Diese kleinen lebensklugen Episoden passen rein. Mein Wunsch ist, dass sie Gottes Segen transportieren.

Uwe Heimowski
Pastor, Autor, Berater, wissenschaftlicher
Mitarbeiter im Deutschen Bundestag

Kleine Geste – große Wirkung

Eine Einleitung

Die Scheibenwischer kämpfen mit den Wassermassen. Während ich den Blinker setze und auf einen freien Parkplatz lauere, erklingt aus dem Lautsprecher unsere heimliche Familienhymne. „Irgendwo braucht jeder sein Zuhaus, wo er sicher ist vor Wind und Sturmgebraus, wo ein Dach ihn schützt vorm Regen …"

„Na, toll", denke ich. Anna brummelt um einen halben Takt versetzt mit.

Ich habe den Zündschlüssel noch nicht rumgedreht, da kräht es schon von hinten: „Ich will aaaaaaaaaaaaaber lieber sitzen bleiben! Bringst du mir einen Joghurt (sie meint Schokopudding) mit?"

„Ja! – wenn ich nicht vorher weggeschwommen bin!"

Das nachfragende „Warum?" geht im „Die Milbe wohnt im Handschuhfach", dem Zuschlagen der Autotür und dem spürbaren Prasseln des Regens auf meiner Haut unter. Ich haste zu den geparkten Einkaufswagen. Mist, ausgerechnet in diesem Moment klemmt der Reißverschluss am Rucksack. Ich beuge mich nach vorne. Tropfen feuchten meinen Nacken. Hektisch versuche ich das verklemmte Innenfutter zu entfernen. Warum habe ich mir für den Nachmittag bloß so viel vorgenommen? Warum muss ausgerechnet jetzt so ein Wolkenbruch niedergehen? Warum muss ausgerechnet jetzt der Rucksack klemmen?

Ich beginne zu schwitzen. Da, ein Ruck, und noch ein Zentimeter. Aufatmend greife ich nach der Geldbörse. Da fällt es mir wieder ein: Du wolltest noch Geld holen. Zum Glück gibt es ja die Karte. Ich öffne das Kleingeldfach. Gähnende Leere. Ich habe weder einen Euro noch ein Fünfzig-Cent-Stück. Mein Chip-Halter am Schlüsselbund baumelt verwaist. Ich kämpfe gegen Tränen an. Heute läuft irgendwie alles schief.

Betröpfelt, müde und ausgelaugt stehe ich vor den Einkaufswagen. „So ein Mist, Gott …"

Ich habe noch gar nicht zu Ende geschimpft, da sächselt mich eine ältere Frau von hinten an: „Na, gunger Kerl, hast de dichtschen Ärscher?"

„Ich habe keinen Euro mehr, kein Geld dabei und meinen Wagenchip verloren."

„Da gabsch ihn mein!"

Sie packt die Packung Kaffee, die Tiefkühlpizza und das Toastbrot in den Stoffbeutel.

„Dortn, bei sichen Mistwatter, darfst de kenn im Reeng stehn lossn."

Nachdem ich die Einkäufe verstaut und meiner Tochter durch den Kofferraum versichert habe, dass der „Joghurt" ebenfalls dabei ist, parke ich den Einkaufswagen wieder ein. Er spuckt mir einen Chip aus mit der Aufschrift: „Damit die Karre rollt …"

Ermutigung – das ist das Thema, das sich durch alle Geschichten in diesem Buch zieht. Die kleinen Begebenheiten mitten aus dem Leben wollen aufrichten, aufatmen lassen und Mut machen: Mut machen, nach einem Stolpern weiterzugehen, im Heute und Jetzt zu leben und mitten im Alltag die kleinen und großen Wahrheiten nicht aus dem Blick zu verlieren. Mut machen zu lieben, zu hoffen, zu glauben.

Kleine Glücklichmacher will ein Impuls sein für Leute, die gerade im Regen stehen, bei denen der Reißverschluss (des Lebens) klemmt, die sich ihren Tag zu voll gepackt haben, die ebenso schusselig wie ich dastehen und es nötig haben, dass Gott oder sein (Boden-)Personal eingreift.

Das betrifft Sie gerade nicht? Umso besser.

Denn dieses Buch ist ebenso für alle geeignet, deren Lebenskarre gerade im Schwung ist – und die nach Anregungen suchen, vielleicht anderen ebenfalls wieder zu etwas mehr Schwung zu verhelfen.

In diesem Sinne wünsche ich Ihnen, dass die Erlebnisse und Gedanken dieses Buches Sie anstoßen, ermutigen und zum Schmunzeln bringen – über sich selbst, über das Leben, über unseren humorvollen und immer wieder überraschend anwesenden Gott.

Und vergessen Sie nicht: Der Nächste, der Ihnen im Regen begegnet, könnte vielleicht Ihren klitzekleinen Einkaufswagenchipanstoß bitter nötig haben – als Ermutigung von Menschen und von Gott.

Rüdiger Jope

1. Post von Gott

Mit der Maus klicke ich auf Empfangen. Zwischen lästigen Werbemails und der Telefonrechnung sticht sie mir sofort ins Auge, die besondere Post von Gott. Ich öffne die Ergebnisliste vom 5. Ritter-Kunz-Lauf. Ich muss grinsen. Gott hat Humor. Er ist hartnäckig.

Sechs Tage zuvor will ich die (mir noch unbekannte) Zehnkilometerrunde in persönlicher Bestzeit meistern. Ich fühle mich fit. Ich habe ausreichend trainiert, gegessen, getrunken und geschlafen. Die Laufschuhe und die Startnummer sitzen perfekt. Zum Aufwärmen laufe ich einmal den abschussigen Burgpfad hinunter und wieder hoch. Der Moderator zählt nach unten: „Fünf, vier, drei, zwei, eins." Ein Pistolenschuss kracht in den Abendhimmel. Eine Meute Männer schießt durchs Burgtor und den steilen Hang hinunter. An der Muldenbrücke spüre ich: Rüdiger, du bist zu schnell losgelaufen. Ich beiße. Fünfhundert Meter weiter dann der Hammer: Einundzwanzig Prozent Steigung. Die gilt es drei Mal zu bewältigen. Ich will hochstürmen, doch meine Beine wollen nicht. Während ich keuchend nach oben schleiche, rennen ergraute und beleibte Männer scheinbar mit Leichtigkeit an mir vorüber. Mir ist zum Heulen und Aufgeben zumute.

Doch ich will mit dem Kopf durch die Wand. Im Schneckentempo stolpere ich das dritte Mal die Passage hoch. Ich rette mich vor zwei Mittfünfzigerinnen (das sind peinlicherweise die Einzigen, die ich einhole) schweißgebadet und mit hängender Zunge ins Ziel. Statt der erhofften siebenundvierzig habe ich siebenundfünfzig Minuten gebraucht.

Ich koche nicht nur äußerlich. Alte „Familienerbstücke" tauchen wieder auf: „Leiste was, dann biste was!"– „Die Zwei ist nichts wert!" – „Rödelrüdi gib alles!" – „Rüdiger, du musst zu den Besten gehören!"

Da sitzt er mir wieder im Nacken, der zerstörerische Ehrgeiz. Wie ein Burggespenst ist der eigentlich aufgearbeitete und für tot erklärte innere Antreiber wieder aufgetaucht. Ich schnappe mir zwei halb volle Becher Apfelschorle und taumele zum Auto. Erschöpft plumpse ich vor der Motorhaube auf das Pflaster. Während sich das kühle Getränk in meine ausgetrocknete Kehle ergießt, höre ich, wie im Hintergrund die Gewinner für ihre fantastische Leistung geehrt werden. Na super!

Während ich meine trüben Gedanken füttere, bricht die Dämmerung herein. Direkt über mir geht die Laterne an. Da dämmerte es in mir. Mir ist, als flüstere Gott mir zu: „Mein lieber Rüdiger. *Ich* habe dir heute ein Gummiband angelegt. Ich stand auf der Bremse. Ich wollte dich humorvoll daran erinnern, dass du statt auf Leistung auf meine Liebe baust. Ich möchte dir nur sagen: Du bist und bleibst mein geliebtes Kind auch jenseits des Siegerpodestes. Die Liebe, mit der ich dich umgebe, die musst du dir nicht erschwitzen, erkämpfen und erhecheln …“

Als ich am Computer die Post von Gott öffne, habe ich längst mein Lächeln und die Lockerheit wiedergefunden. Ergebnisse Altersklasse M40. Letzter Platz: Rüdiger Jope! Nächstes Jahr werde ich wieder gut vorbereitet an den Start gehen mit der Lebenslauflektion und der Rückfallerinnerung im „Lebenslauftagebuch“: Gott mag auch die Letzten, und bei ihm werden die sogar als die Ersten in seiner Liste geführt (Matthäus 20,16).

2. Umgehauen

Manchmal haut mich meine Tochter einfach um. Da fehlen mir die Worte, da steigen in mir Gefühle auf, die ich nur schwer kanalisieren kann. Da fehlt es mir an Weisheit, Liebe, Geduld. Da muss ich in mich gehen, Abstand nehmen. Tief durchatmen. Um Liebe ringen. Meine Emotionen runterfahren, bis ich zu einer Reaktion ansetze. Da zweifle ich an meinen Fähigkeiten als Vater, Erzieher und Vorbild. Da fühle ich mich wie ein Schneemann im Föhn.

Wieder mal hatte ich mich den ganzen Nachmittag um diesen Wildfang gekümmert, vorgelesen, Ritterburgen gebaut, den Räuber und Jäger gespielt, das Bobby-Car repariert, den Ball aus Nachbars Garten geangelt, drei Mal die Göre abgehalten und sechs Mal wegen Getränk, Obst und Pflaster für ein aufgeschürftes Knie den Weg rauf in den zweiten Stock gemeistert. Und dann das: Eine rausgerissene Pflanze der Nachbarin einbuddeln. Ein mit Absicht umgeworfenes Glas aufwischen. Ein die Nerven strapazierendes Quietschen aushalten. Ein soeben bestelltes Brot, was im nächsten Moment verschmäht wird, ver-

teidigen. Eine endlose Diskussion um Schoko-
lade nach dem Abendessen durchkämpfen. Zwei
fettverschmierte Hände, die statt an den Lappen
an die Scheibe wandern, säubern. Knete, die das
Schlüsselloch verstopft, rausfriemeln. Ein trom-
melndes Nööööööööööö-Monster auf dem La-
minat ins Bad locken. Einen Mund, der sich nicht
zum Zähneputzen öffnet, ertragen. Einen brum-
menden Kassettenrekorder, der sich am Bandsalat
verschluckt hat, reparieren. Eine Stimme, die auch
nach eineinhalb Stunden eigentlicher Bettruhezeit
noch „Paaapaaaa!" ruft, lieben. Ahhhhhh!

Manchmal haut mich meine Tochter einfach
um. Wie neulich. Ich war total fertig. Die Nase
tropft. In meinem Kopf hämmert es. Die Glieder
schmerzen. Am nächsten Tag soll es mit hundert-
vierundzwanzig Leuten auf eine Gemeindefrei-
zeit gehen. Ich unterdrücke die Halsschmerzen
mit Salbeitee und einer halben Tüte Lutschbon-
bons. Anna muss gebadet werden. Leise vor mich
hin schnaufend und stöhnend lasse ich das Wasser in die Wanne. Das Zähneputzen funktioniert
ausnahmsweise ohne Geschrei. Pulli und Unter-
hemd hat unser Wirbelwind bereits ausgezogen.
Ich beuge mich zu ihr runter und helfe ihr, die
Schnürsenkel zu öffnen. Plötzlich drückt sich ihr

nackter Bauch in mein Gesicht. Zwei zarte Hände legen sich auf die kahle Stelle meines Kopfes. Ein klares Stimmchen flüstert mir halblaut in die Ohren: „Ich segne dich von Gott und Jesus und, und na den Geistern. Du bist ein neuer Mensch!"

Das haute mich um. Meine Augen wurden feucht. Tränen tropften auf die Fliesen. Ich war überwältigt, berührt von diesem heiligen Moment im normalen Alltagswahnsinn.

Manchmal haut mich meine Tochter einfach um und dann erinnere ich mich, dass nicht aller Erziehungskampf und das tägliche (biblische) Gute-Nacht-Geschichte-Vorlesen umsonst ist und selbst eine scheinbar unheilige nervige Göre (die ich eigentlich sehr liebe) für heilige und heilende Momente sorgen kann.

3. Alte Eiche

Die Woche war lang. Sehr lang. Ich sehne mich nach dem Feierabend. Ich überfliege das Fernsehprogramm. Die Hand will zur Fernbedienung und dem Kühlschrank greifen, schnappt aber widerwillig nach dem Autoschlüssel. Ja, ich quäle mich zum Männertreff. Gedankenversunken setze ich den Blinker.

„Fahren wir mit deinem tollen Schlitten oder mit meiner Familienkutsche weiter?"

Lachen! Wir steigen um. Zu viert steuern wir in der Abendsonne unserem Treffen entgegen. Männertreff. Einmal im Monat Tischkickern, Radler trinken und ehrlich reden. Ja, auch Männer können und brauchen das.

Der laue Sommerabend treibt uns nach draußen, an den Platz, wo wir unser Bündnis schmiedeten. Bald haben wir den Asphaltweg hinter uns gebracht. Wir überqueren eine ungemähte Wiese. Ob auf dem Weidezaun Strom ist? Wir schlüpfen unten durch und steuern unseren Treffpunkt an. Eine alte Eiche auf einem Hügel. Wir setzen uns ins Gras und genießen den Blick ins Tal, die zirpenden Grillen, die Windräder in der Ferne, das

Pfeifen des Windes durch die Baumwipfel. Ein Reißverschlussgeräusch vom Rucksack unterbricht die Stille.

Wir stoßen mit Radler auf den Abend an, und schon sind wir mittendrin in unserem Leben, im Alltag, im Kämpfen, im Hinfallen und Aufstehen. Wir beackern miteinander die Artikel-Serie „Du bist der Mann" von Albert Frey. Der Weg zu echter Liebe ist schwer. Sehr schwer. Einer packt aus. Pornografie ist eine böse Falle. Das Internet hat seine Tücken. Ehrlich und ungeschminkt wird geredet und geschwiegen. Geschichten des Scheiterns und Versagens werden präsentiert. Barmherzigkeit breitet sich aus. Meine Müdigkeit ist wie weggeblasen. Es wird nicht um den heißen Brei gequasselt. Ja, wir haben es nicht nötig. Wir wollen auf diesen Müll verzichten, die Männerenergie heiler ausleben. Ja, wir wollen Moral zeigen und reife Ehemänner und liebevolle Väter sein und werden.

Da oben unter der alten Eiche, da wachsen „junge Eichen" heran. Doch sie können im Sturm nicht allein (be)stehen. Sie brauchen den anderen, den Menschen, den Bruder, den Mitkämpfer, den Christus im anderen.

Männerfreundschaften fallen nicht vom Himmel, sondern müssen auf dieser Erde hart erarbeitet werden. Und wenn es sie gibt, sind sie unendlich kostbar, Mut machend, aufbauend und wohltuend.

Irgendwann kehrt das Schweigen ein. Ein Raubvogel stößt hoch oben einen Schrei aus. Die Sonne versinkt. Wir stehen auf. Wir schauen uns in die Augen. Wir legen einander die Arme auf die Schultern und bilden einen Kreis. Im Schatten des Baumes beten wir füreinander um Stärke, Mut und Ausdauer. Ein IT-Fachmann, ein Bäckermeister, ein Telekommunikationsexperte, ein Pädagoge und ein Pastor segnen sich für die vor ihnen liegenden Täler und Berge des Lebens. Wir umarmen einander wie Brüder. Es wird gelacht und gewitzelt. Wie befreite und fröhliche Kinder stolpern wir der neuen Woche entgegen. Zurück bleiben Lasten, zerdrücktes Gras und eine alte Eiche, die sich schweigend im Nachtwind wiegt und sich vielleicht wundert über die Gesprächigkeit von fünf jungen „Nachwuchseichen".

4. Groß machen

Das Schnarren der Klingel ließ unsere achtzehnmonatige Tochter zusammenzucken. Sie hielt sich die Ohren zu. Einen Moment später sprang sie in meine Arme. Ich ging an die Sprechanlage.

„Ein Paket für Jope", schallte es mir etwas gehetzt und abgebrochen entgegen. Auf der halben Treppe begegneten wir uns. Die Überraschung der Patentante war etwas groß geraten.

„Legen Sie es ruhig hier ab, ich bringe erst meine Tochter nach oben."

„Anna, das ist ein Geschenk für dich!"

Sie plapperte aufgeregt. Ihre ohnehin schon großen Augen weiteten sich nochmals. Erwartungsvoll strahlte sie mich aus der Tür an.

„Geh mal ein bisschen rüber, damit ich rein kann."

Sie tippelte glucksend und jauchzend beiseite. Ich kramte die Schere aus der Küchenschublade und schnitt das Paketband auf. Zwei kleine Hände mühten sich an dem Paketband ab.

„Toll machst du das!"

Aus dem Karton schälten sich Füße, Schrauben und die Sitzfläche eines Hockers.

„Da, Anna! Da, Anna! Da, Anna!"

Begeistert, ja fast ehrfurchtsvoll strich sie über die mit Folie beklebte Sitzfläche, auf der sich zahlreiche Fotos von ihr befanden. Aus dem Werkzeugkasten angelte ich mir einen Inbusschlüssel. Unterbrochen von „Selber-machen"-Anflügen schraubten wir den Hocker in einer ersten handwerklichen Tochter-Vater-Aktion zusammen. Kaum war die letzte Schraube festgezogen, wanderte das Möbelstück, kaum kleiner als die Trägerin, in die Küche. Ab dem nächsten Salatwaschgang rumpelte, schob und krähte es bei uns in der Küche. Papa stand nicht mehr allein am Spülbecken. „Selber groß!", schnaufte es mir nun mit einem vielsagenden Blick entgegen.

Ein simpler Küchenhocker machte einen kleinen Menschen groß und überglücklich. Anna nahm ihre Welt plötzlich aus einer neuen Perspektive wahr. Ihr Lieblingsplatz war fortan oben. Sie liebt(e) es, in Töpfe zu schauen, Besteck ein- und auszusortieren, Wasser von einem Becher in den anderen zu kippen (und dabei die Küche zu fluten), Salatblätter noch mal und noch mal zu baden, sich selbst den Apfelsaft einzuschenken … Anna wurde durch dieses Geschenk „groß gemacht".

Das ist auch die Maxime Gottes. Er will uns Menschen eben nicht, wie vermutet und vielfach im Unbewussten eingebrannt, klein, sondern groß machen. In 1. Mose 12,2 heißt es über ein etwas mickriges Volk: „Ich will dich groß machen!"

Manchmal fühle auch ich mich mickrig. Manchmal rede ich mich klein. Manchmal werde ich (oder andere von mir) klein gemacht. Gottes Charakter ist das nicht. Er hat Größeres mit uns im Sinn. Er will uns aufbauen, aufheben, größer machen. Er stellt uns hinein in eine neue Dimension. Und das Fantastische ist: Gott tut dies nicht erst in der Stille und Abgeschiedenheit einer Kirche, sondern mitten in den Küchenalltäglichkeiten unseres Lebens. Dort, wo wir unter unserem „Kleinsein" stöhnen, rumpeln und schnaufen, spricht er ermutigend und tröstend: „Ich will dich groß machen!"

Also, wenn der Paketbote das nächste Mal klingelt, dran denken: Es könnte Gott sein, der Sie und mich groß machen will!

5. Flammkuchen

Regentropfen peitschen an unseren Erker. Im Schein der Straßenlaterne wirbeln einige Blätter durch die ausgestorbene Straße. Wir sitzen im behaglichen Wohnzimmer. Unsere Tochter quasselt im Bett vor sich hin. Ich decke den Tisch, gieße den jungen Wein in die Gläser, krame Servietten aus der Schublade, zünde drei Kerzen an und lege eine Jazz-CD ein. Während sich der Qualm des ausgeblasenen Streichholzes verflüchtigt, beginnt der Backofen zu piepen. *Der* Flammkuchen ist fertig.

Ingrid serviert ihn auf einem Holzbrett. Mein Gaumen lechzt nach diesem handgemachten Meisterwerk aus Mehl, Milch, Ei, Schinken, Hefe, Sauerrahm und Salz. Während ich an diesem Herbstmontag Stück für Stück dieser Fünf-Sterne-Kreation genieße, denke ich zurück an zahlreiche andere Back- und Servierversuche. Mal ging der Teig nicht auf. Ein anderes Mal quoll er aus dem Blech. Mal war er zu hell, dann wieder stand die Küche fast im Qualm. Mal stimmte die Mischung nicht: zu viele Eier oder zu viel Salz. Mal ging die Hefe nicht richtig auf oder der Schinken schmeckte nicht.

Der Flammkuchen meiner Frau ist eine Wucht. Er ist perfekt. Er ist nicht zu toppen. Er ist ein Original. *Der* Flammkuchen ist das Werk einer Meisterin. Doch wie wird etwas meisterhaft? Indem die Meisterin über Jahre probierte, abwog, nachfragte, mischte, dranblieb, übte, lernte, Fehlschläge verkraftete.

Nur die Übung macht die Meisterin. Der Spitzengenuss, die Spitzenergebnisse stellen sich nicht von heute auf morgen ein, sondern werden im Üben geboren. Dieser Wert geht in der Fast-Food- und Tiefkühlkulturgesellschaft manchmal verloren. Wirklichen Geschmack, wirklichen Lebensgewinn, wirkliche Lebensqualität, wirkliche Gaumen- und Genussfreuden kommen erst da auf, wo Fehlschläge, Missratenes, Tränen und Fragezeichen Platz haben. Wie schrieb der Theologe Mike Yaconelli: „Es kommt im Leben nicht so sehr auf die Siege an, sondern vielmehr darauf, wie man nach den Niederlagen weitermacht!"

Weitermachen – auch im Leben, dies signalisiert mir jeder Flammkuchen aus unserem Backofen. Das Paradies können wir uns nicht zurückholen, aber wir können uns paradiesische (Geschmacks-) Momente erschaffen. Dazu braucht es Ausdauer, den langen Atem, Übung und eine Steh-auf-Mentalität. In diesem Sinn will ich leben und hoffen, dass bald wieder einer dieser verheißungsvollen Herbstabende vor der Tür steht.

PS: Das Grundrezept für DEN Flammkuchen kann gerne beim Autor angefordert werden.

6. Glücklichmacher

Es regnete Bindfäden. Wir standen mit unseren Rädern irgendwo mitten in Irland an einer Kreuzung. Fünf Straßen zweigten von ihr ab. Die Hinweisschilder auf Gälisch konnten wir nicht entziffern. Wir hauchten uns in die klammen Hände. Die triefende Karte half uns nicht weiter. Die Regenjacken hatten längst kapituliert. Wir waren nass bis auf die Haut. Die aufgesuchte Kirche entpuppte sich als zugig und kalt. In die aufgestellten Eimer plätscherte das Wasser.

Wieder zurück auf der Kreuzung fragten wir uns erneut: Welche Richtung sollen wir einschlagen? Meine Frau klopfte kurzerhand beherzt an die Tür eines in die Jahre gekommenen Hauses. Ein alter Mann öffnete. Mit großen Augen sah er uns durchgeweichte Gestalten an. Er gestikulierte und riss die Tür weit auf. Er zog uns förmlich hinein.

Ehe wir uns versahen, saßen wir in seiner Küche an einem wärmenden Torfofen. Wir bekamen ein trockenes Handtuch in die Arme gedrückt. Während die Tropfen aus den Trikots und Hosen auf der heißen Herdplatte tänzelten und zischten, wurde uns heißer, tiefschwarzer Kaffee serviert, kauten wir selbst gebackene Brotscheiben.

Ich weiß nicht, wie der Mann, der Ort, die Straße hießen. Doch der alte, anscheinend arme, namenlose Mann wurde uns zum Ermutiger. Er wurde uns mitten in den sintflutartigen Regenfällen, in der Orientierungslosigkeit zu einem Tychikus. Tychikus bedeutet „glücklich", „Glücklichmacher", „Glückskind". Von ihm heißt es, dass er andere tröstet, dass er anderen Mut macht, dass er Herzen wieder aufrichtet. „Ich schicke euch Tychikus … Er soll euch ermutigen", schreibt Paulus im Brief an die Kolosser (4,7).

Ist doch bemerkenswert. Paulus schickt niemanden vorbei nach dem Motto: Der sagt euch wieder, wo es langgeht. Der legt erst mal die Finger in die Wunde. Der wäscht euch erst mal den Kopf, warum ihr euch bei so einem Wetter auf die Straße wagt, auf so ein fehlerhaftes Navigationssystem vertraut. Tychikus tritt nicht nach draußen, um über wasserfeste Klamotten zu dozieren und den Betröpfelten eins vom Urlaub im sonnigen Süden vorzuschwärmen. Tychikus verweist nicht an die karitative Organisation. Er redet sich nicht heraus: Habe gerade erst sauber gemacht.

Im Gegenteil: Tychikus wird zum Glücklichmacher im Heute, Hier und Jetzt. Beglückt, gesättigt und getrocknet brachen wir zwei Stunden später wieder auf. Der Regen hatte zwar nicht aufgehört, aber wir waren angefüllt mit innerer und äußerer Wärme, unkomplizierter Nächstenliebe, einfacher Hilfsbereitschaft.

Manchmal, wenn es draußen sprichwörtlich Bindfäden regnet, werde ich an diese merkwürdige und doch sehr hilfreiche Begegnung erinnert. Menschen stehen draußen. Beträufelt, durchweicht, hoffnungslos und am Ende. Auf der (Rad-) Tour des Lebens klopfen sie bei uns an mit dem Wunsch: Sei mir ein Tychikus! Sei mir ein Glücklichmacher! Und manchmal genügen bereits ein Handtuch, eine Tasse Kaffee und ein paar Scheiben Brot, um aus einem Urlaubstag zum Abhaken ein aufbauendes, stärkendes, ermutigendes Erlebnis zu machen.

7. Außergewöhnlich

Ausgelutscht kam ich von der Arbeit. Schnell entwand ich der Brotschneidemaschine einige Scheiben. Beim Kauen überflog ich die Bundesligaspieltagsanalyse, um dann im Vorbeigehen Zahnbürste, Schlafanzug und eine Flasche Wasser für die unfreiwillige Nachtschicht einzupacken. Noch auf dem Weg zum Krankenhaus kämpfte ich mit Unlust, der Müdigkeit, der Unsicherheit, der Aussicht auf eine schlaflose und unruhige Nacht. Ich musste mich zwingen.

Strahlende Kinderaugen empfingen mich.

„Papa, kannst du mir die Annageschichte noch vorlesen?"

Ich küsste und umarmte meine müde Frau.

„Das ist Ulrike, die ist alleine hier", tönte es von der Seite. „Wenn Mama dann geht, sind wir drei: zwei Frauen und ein Mann."

Schicksalsgemeinschaft für eine ungewöhnliche Krankenhausnacht. Wie ich darauf komme? Als ich den Nachttopf zum wiederholten Mal entsorge, lächelt mich die Nachtschwester an und meint: „Sie sind aber ein außergewöhnlicher Mann!"

Außergewöhnlich, weil ich etwas Gewöhnliches

tue? Okay, ich bin ein Exot, ein seltenes Exemplar Mann, das haben mich die Kinderspielplatzbesuche, die Ballettschnupperstunde, das Eltern-Kind-Turnen mit meiner Tochter gelehrt. Gewöhnlich war ich da der einzige Mann. Da fühlte ich mich manchmal einsam, komisch und fehl am Platz. In jener Nacht war ich gefühlsmäßig auch allein, aber keineswegs fehl am Platz – fanden zumindest die zwei Mädchen und das diensthabende Personal. Zweieinhalb Stunden Vorlesen (O-Ton meiner Frau: „Da schlafen die schnell ein!"), gefühlte dreißig Mal Decke und Kopfkissen aufschütteln, fünf Mal auf den Topf setzen, dem Nachbarmädchen die Tränen trocknen, ihr zusprechen, dass sie eine tapfere Sechsjährige ist, acht Mal wegen einer leeren Infusionsflasche aus dem Nichtschlaf hochgerissen werden – all das ließ mich am nächsten Morgen zerknittert in den Spiegel sehen und mich fragen: „Wer schaut mir denn da ins Gesicht?"

Ja, es war eine außergewöhnliche Nacht. Nicht nur, weil ich auf dem langen neonbeleuchteten Flur der einzige Mann mit Nachttopf war, sondern auch, weil diese eine Nacht für vier Menschen zu einer außergewöhnlichen Erfahrung wurde.

Für mich, der ich mein eigenes Bett, meine Gesundheit, unser Gesundheitssystem … für selbstverständlich nehme. Ich wurde dankbarer. Und ich ziehe nach dieser Erfahrung den Hut vor einer Nachtschwester, die die ganze Nacht auf den Beinen ist und sich ums Wimmern, Piepen, Messen, Trösten und Trockenlegen kümmert.

Für zwei Mädchen, da sie einen anwesenden Mann erlebten, der tröstete, der Tränen abwischte, der bis zur Sprachlosigkeit vorlas, der Halt und Sicherheit gab …

Für eine Nachtschwester, die ein Aha-Erlebnis hatte und ihr inneres Bild revidieren muss, dass Männer überall sind, nur nie da, wo es wehtut, schmerzt und schlaflos ist.

Außergewöhnlich? Ich hoffe nicht immer, liebe Männer, aber immer öfter und freiwilliger, damit Außergewöhnliches in Familien, in Krankenhäusern, in Sportstunden, in Kindergärten und vor allem in uns selbst passieren kann.

8. Abkürzung

Der Schweiß lief mir übers Gesicht. Soeben hatte ich die letzte Verpflegungsstation passiert. Noch vier Kilometer bis zum Ziel. Heute könnte ich den Halbmarathon unter zwei Stunden bewältigen. Ich forcierte nochmals das Tempo. Die Straße machte einen weiten Bogen. Auf der gegenüberliegenden Seite sah ich die nach mir kommenden Läufer. Doch was war das? Die eigentliche Absperrung wurde von drei Läufern ignoriert. Sie schlüpften unter dem Absperrband durch. Sie genehmigten sich eine Abkürzung von mehr als einem Kilometer. Keine fünfzehn Meter vor mir reihten sie sich wie selbstverständlich ein. Ich kam ins Ziel. Ich wurde Dreihundertdreizehnter. Ich war glücklich.

Und die Abkürzer? Auch sie kamen ins Ziel. Sie platzierten sich vor mir. Ob sie glücklicher waren, als Nummer dreihundertzehn, dreihundertelf, dreihundertzwölf? Ich habe da so meine Zweifel.

Abkürzen ist in. Es wird geschummelt und beschissen.

„Das gehört zum guten Ton!"

„Der Ehrliche ist der Dumme!"

„Du musst ein Schwein sein in dieser Welt!"

„Das macht doch jeder!"

Ich denke an meine Abschlussprüfung zum Werkzeugmacher. Der erste Prüfungstag neigt sich dem Ende entgegen. Ich bin gut vorangekommen. Dummerweise habe ich eine Sache an der Drehmaschine verhauen. Zu einer Eins wird es nicht mehr langen. Ich packe die gefertigten Teile in die dafür vorgesehene Kiste und gebe sie beim Prüfungsmeister ab. Mit der Handwaschpaste reinige ich meine ölverschmierten Hände.

Am Waschbecken entspinnt sich ein Gespräch mit einem Ausbildungskollegen. Ich frage ihn: „Und, was machst du heute Abend?"

„Ich gehe jetzt in meinen Ausbildungsbetrieb und arbeite die Teile nach, die ich heute vermasselt habe."

„Und wie machst du das mit dem Stempel und der Nummerierung?"

Mein Gegenüber lacht. „Die hat unser Betrieb längst kopiert."

Bei der Gesellenbriefübergabe wurde er für seine sehr guten Leistungen ausgezeichnet. In meinem Zeugnis stand eine Drei.

Das Leben mit seinen Läufen und Prüfungen ist hart und schweißtreibend. Da scheint es ungeheuer verlockend, die Abkürzungen, die sich bieten, in Anspruch zu nehmen, mal eben unter dem Absperrband durchzutauchen und sich schließlich (ohne rote Ohren) ein paar Plätze früher ins Ziel zu schummeln. Abkürzen ist gesellschaftlich akzeptiert. Es ist fast schon die Norm.

Trotzdem: Ich möchte anders ins Ziel kommen. Zwanzig Jahre später interessiert das Prüfungsergebnis, das Laufergebnis niemanden mehr, vielleicht habe ich es sogar selbst längst vergessen. Aber das macht für mich den Unterschied aus: Ich kann mir immer noch ins Gesicht schauen! Und ich kann von mir sagen: Ich habe die Leistung auch wirklich erbracht, die in der Ergebnisliste, dem Prüfungsbericht … steht.

Geradlinigkeit ist nicht populär. Doch ob die Überholer und Abkürzer das kalte alkoholfreie Bier, die goldgelben Pommes und das knusprige Hähnchen nach dem Duschen genauso fröhlich und unbeschwert genießen wie ich? Ich habe da so meine Zweifel.

9. Sprudelkuchen

Mein Gegenüber wirkte fassungslos. „Wie, ihr wart mit eurer Tochter noch nicht im Vergnügungspark XY?"

Während sie mir von dem neuesten Freizeitwunderland in unserer Gegend vorschwärmte, schweifte ich unhöflicherweise gedanklich ab. Ich summierte den Spritpreis, das Eintrittsgeld, die Tüte Pommes, die Cola, die nervige Frage: „Wann sind wir endlich da?" und stellte dabei beglückt fest: Das Nahe, Billigere, Unspektakulärere, nur vier Meter vom Schreibtisch Entfernte muss nicht schlechter, sondern kann nachhaltiger sein.

Freitagnachmittag. Draußen regnet es Bindfäden. Spontan entschließen wir uns, einen Kuchen fürs Wochenende zu backen. Anna klatscht begeistert in die Hände. Sie schleppt ihren Hocker heran. Papa baut die Rührmaschine auf.

„Darf ich mal ins Mehl fassen?"

„Na klar!"

Zwei Tassen Mehl, eine Tasse Öl und eine Tasse Zucker werden von eifrigen kleinen Händen in die Schüssel geleert.

„Darf ich von dem Kakao probieren?"

„Ja!“

Zwei große Augen aus einem etwas zerknitterten Gesicht schauen mich an.

„Schmeckt nicht gut.“

Nach der halben Tasse Kakao fehlen noch zweihundert Gramm Haselnüsse.

„Soll ich dir die Tüte aufschneiden?“

„Das will ich alleine machen!“

Fünfzehn Gramm landen auf dem Boden. Der Staubsauger wird's verkraften.

„Was fehlt jetzt noch?“, hake ich nach.

„Backpulver!“, kommt es wie aus der Pistole geschossen. Nach dem Kosten des Vanillezuckers kippen wir auch dieses Päckchen in die Masse. Das Aufschlagen der fünf Eier wird mit einem Lachen quittiert.

„Darf ich jetzt die Maschine anschalten?“

Während sich die Knethaken in Bewegung setzen, gieße ich noch eine Tasse Sprudelwasser hinzu. Noch summt die Maschine vor sich hin und wir pinseln die Backform mit Margarine ein.

„Vorsicht, beug dich nicht mit deinen Haaren so weit runter.“

„Darf ich den Margarinepinsel ablecken?“

„Igitt – ich gebe dir dann lieber die Knethaken.“

Während ich die flüssige Masse in die Backform

gieße und das Ganze für eine Stunde bei hundertfünfundsiebzig Grad im Ofen verschwinden lasse, sitzt neben mir ein überglückliches Mädchen. Ein schokoverschmiertes Gesicht leckt an einem fast sauberen Teigschaber und posaunt im Brustton der Überzeugung: „Ihr macht immer sooooo schöne Sachen mit mir!"

Schönes muss nicht viel kosten. Schönes muss nicht weit entfernt sein. Schönes muss nicht nur abseits des Alltages passieren. Schönes muss nicht spektakulär sein. Schönes wird gerade schön und wertvoll, wenn wir den normalen Momenten Zauber einhauchen, es zelebrieren, es feiern und mit Fantasie beseelen.

Eigentlich war es nur ein „normaler" Waldspaziergang. Wir sammelten Eicheln, Bucheckern, Kastanien, Blätter, Hagebutten … Zuhause angekommen wurde Kakao gekocht. Auf den Küchentisch wanderte eine Unterlage. Auf diese entleerten wir die „Schätze". Papa holte die Heißklebepistole aus der Werkzeugkiste. Und im Nu wuchs ein Stall aus Kastanien empor. In diesem wohnten ein Hund mit Eichelohren, ein schlankes Männchen mit Kastanienschalenhelm und zwei weitere hagere Waldgenossen mit roten Knollennasen.

„Wie, ihr wart noch nicht?"

„Wie, ihr habt noch nicht?" …

Nein, ich lasse mich nicht hetzen. Vielmehr will ich das Naheliegende mit ganzem Herzen praktizieren und genießen.

10. Heldin

Pünktlich um 22:30 Uhr drückte ich den schwarzen Knopf. Ich fläze mich aufs Gästesofa, um mich nachrichtentechnisch auf den neuesten Stand zu bringen. Doch es funktionierte nicht. Nicht der Fernseher gab seinen Geist auf, sondern *mein* Geist kaute und rebellierte noch tagelang an diesem „Blick mit dem Zweiten".

Da saß umringt von Prominenten ein Gummibärchen vertilgender Dampfplauderer auf seinem Sofa. Er kündigte mit viel Getöse eine junge Sängerin an. Nach einigen verwirrenden Videosequenzen aus ihrem neuen Album stöckelte sie unter dem Beifall der Zuschauer ins Rampenlicht. Mit ihrer Sonnenbrille und dem unten und oben (nach meinem Geschmack) zu kurzen Kleid sah sie ein bisschen aus wie ein genmanipulierter Weihnachtsbaum. Aber Man(n) soll ja Menschen nicht nach Äußerlichkeiten beurteilen.

Während ich meine Vorurteile in einem Glas Wasser ertränke, fällt der Moderator diesem Star um den Hals. Küsschen links. Küsschen rechts. Dann wird die Lady interviewt. Was sie von sich gibt, ist erschreckend. Nichtssagende, banale, belanglose Worte wabern durch den Saal und schwappen in mein Arbeitszimmer. Während ich mich frage, wo der (Dichter- und Denker-)Geist der Deutschen abgeblieben ist, wird in der Halle gejubelt, werden Plakate mit der Ikone, dem Star, der Heldin in die Fernsehkameras gereckt.

Fünfundvierzig Haustreppen und zehn Minuten Fußweg von hier entfernt. In einem Glaskasten steht ein unbenutzter Stuhl. Von Sofaatmosphäre keine Spur. – Eine Krankenschwester im Dienst auf der Kinderstation. Sie hat von zehn Uhr abends bis sechs Uhr früh keine Zeit, auf dem Sofa rumzulümmeln. Im Zimmer drei muss eine Zweijährige mit einer frischen Windel versorgt werden. Während sie den Schlafanzug auszieht, piept das Infusionsgerät aus Zimmer sechs. Der Säugling im dortigen Gitterbett fängt an zu brüllen. Kaum ist die neue Flasche angepikst, entdeckt sie im Zimmer vier ein durchnässtes Bettlaken. Das fiebernde Mädchen muss vorsichtig geweckt werden. Leider geht dies nicht geräuschlos vonstatten. Katrin, die im selben Zimmer liegt, wacht auf und fängt an, nach ihrer Mama zu schluchzen. Nachdem Bett und Augen mit Hingabe getrocknet wurden, klingelt es. Frank will auf den Topf gesetzt werden. Während die Schwester im

Vorbeigehen bei Jens das Fieber misst, ertönt auf dem Gang ein Würgen. Hanna hat es nicht bis auf die Toilette geschafft und ihr Abendessen direkt vor Zimmer sieben entsorgt. Von drinnen hört man ein Wimmern und leises Stöhnen. Während sie sich mit ihren acht Händen und sechs Ohren um Katrin, Peter, Heike, Jan und Silvio kümmert, läutet die Nachtglocke. Ein aufgewühltes Ehepaar steht mit einem bleichen und zitternden Kleinkind in der Tür. Sie ruft den Arzt an. Aus Zimmer eins kommt ein Warnton: Mit der Atmung bei Lisa stimmt etwas nicht.

Ein Abend mit zwei kontrastreichen Programmen, zwei Sitzgelegenheiten, zwei Frauen. Die eine wird mit viel Getöse als Heldin gefeiert, die andere hat nächtelang Getöse und wird als Heldin vergessen.

Eigentlich schade. Ernüchtert drücke ich den Ausknopf. Da sieht man besser die „zweite Sendung", da packe ich lieber dem wirklichen Nachtstar die Tüte mit den Gummibärchen zur Ermutigung ein und hake kritisch nach, warum man mit meinen Fernsehgebühren nicht der Nachtschwester eine Kollegin zur Seite stellt und ein bequemes Sofa besorgt.

11. Außen top, innen Flop!

Unser achtzehn Jahre alter Polo lag in seinen letzten Zügen. Der Motor hatte sich verabschiedet. Fünf Liter Öl auf hundert Kilometer. Auf dem Hof eines Gebrauchtwagenhändlers entdeckten wir ein Topangebot. Der rote Golf funkelte und blitzte in der Sonne. Der Händler von Happy Cars erläuterte uns die Details: Zwölf Jahre alt, aber unfallfrei, Kat, wenig Kilometer, sauberer Motor, sauberer Innenraum, TÜV und ASU neu, supergünstiger Preis. Wir waren happy!

Doch das Happy End mit Happy Car blieb aus. Bei der ersten Ausfahrt in den Odenwald blieb die Kiste kochend in einer Serpentine stehen. Der Kühler funktionierte nicht. Immer wenn wir knapp fünfzig Kilometer gefahren waren, begann das Ölstandwarnlämpchen zu leuchten und penetrant zu summen. Der Kat rasselte seltsam. Der Kilometerzähler sprang nach einhundertzehn Kilometern zurück auf den Anfangsstand. Das Blech über dem rechten Hinterrad offenbarte nach zwei Regengüssen eine andere Lackfarbe als die ursprüngliche. In der Garage fanden sich plötzlich Ölflecken unter dem blitzsauberen Motor …

Die Diagnose des Kfz-Meisters war erschreckend: Unser toller Flitzer hätte mit den abgefahrenen Bremsen, defekten Stoßdämpfern und kaputtem Kat gar nicht durch den TÜV kommen dürfen. Wir hatten uns von Spachtelmasse, Lackpflege, viel Wachs und Sonnenschein täuschen und von guten Worten übers Ohr hauen lassen.

Wir haben Lehrgeld bezahlt. Es war eine schmerzhafte Erfahrung. Seitdem sehe und höre ich genauer hin – nicht nur bei Autos. „Mehr Schein als Sein", das ist auch die Devise unserer Gesellschaft. Es zählen die geschönten Ergebnisse, die Erfolge, das Ansehen, das „Sich-gut-Verkaufen". Aber wenn man dann an der Oberfläche kratzt, einen Blick ins Innere erhascht oder unter die Haube sieht, verwandelt sich der äußere Top-Zustand in einen inneren Flop-Zustand.

In einem Spiegel schlug mir etwas vergilbt und verspritzt diese Wahrheit entgegen: „Für die Menschen ist wichtig, was sie mit den Augen wahrnehmen können; ich dagegen schaue jedem Menschen ins Herz" (1. Samuel 16,7). Wow! Gott lässt sich nicht vom äußeren Schein blenden, sondern er ist an unserem inneren Sein interessiert. Und das Geniale ist: Er wendet sich nicht angewidert oder gar entsetzt von den defekten Bremsen, abgefahrenen Reifen oder hohlen Stellen ab, sondern lebt und liebt sich in unser Lebensfahrgestell hinein. Bei Gott müssen wir nicht einen auf Happy-Lebens-Car machen. In unsere Flop-Zustände, dort wo wir überhitzt in den Serpentinen des Lebens liegen geblieben sind, spricht er durch Christus hinein: „Kommt alle her zu mir, die ihr euch abmüht und unter eurer Last leidet … Bei mir findet ihr, was euerm Leben Sinn und Ruhe gibt" (Matthäus 11,28f.).

12. Polizist entwaffnet

Sonnenstrahlen bescheinen die noch kahlen Zweige auf einem Spielplatz. Vogelzwitschern vermischt sich mit fröhlich-lautem Kinderstimmengewirr. Heute ist was los auf den Schaukeln, der Rutsche und dem Klettergerüst.

Meine zweijährige Tochter Anna kräht begeistert über das Leben, das eine Tagesstättengruppe vor ihren weit aufgerissenen Augen verbreitet. Arme strecken sich mir entgegen und signalisieren: Ich will, ja ich muss raus aus dem Wagen. Um das Gleichgewicht ringend stolpert sie los. Mittendrin schlägt sie einen weitläufigen Haken zurück. Die Plastiktüte mit dem Sandspielzeug wird hektisch und glucksend aus dem Korb gezerrt. Triumphierend taucht sie mit Schippe und Eimer in der Kindergruppe unter.

Zwei „große" Jungs treten ihr mit ernstem Gesicht entgegen. Sie fuchteln mit Stöcken.

„Das sind Pistolen!"

„Wir sind die Polizei!"

„Du musst ins Gefängnis!"

„Hier geht's nicht durch!"

Erst verdutzt, dann grinsend schaut Anna die

zwei „Starken" an. Sie blubbert und plappert die Jungs voll, versucht die Hindernisse zu umtippeln. Doch die „Polizisten" sind hartnäckig. Nervös nesteln sie an ihren Waffen herum. Sie breiten die Arme aus.

„Stopp! Du bist verhaftet."

Anna strahlt. Sie gestikuliert. Sie breitet ihre Arme aus. Sie stolpert nach vorne und umschlingt den Anführer mit ihren Armen. Eine „Pistole" fällt in den Kies.

Während der Kumpan erschrocken das Weite sucht, schreit der „Chefpolizist" kleinlaut um Hilfe. Liebende und begeisterte Arme klammern sich an ihn. Ein Kopf drückt sich fast zärtlich an seinen Bauch. So viel Liebe lässt ihn ein, zwei Meter nach hinten taumeln. Unter dem Gewicht der „Zuwendung" bricht er zusammen. Erdrückt und entwaffnet von Liebe, müssen zwei „Polizisten" das (Spielplatz-)Feld des Lebens räumen.

Das Schönste, was einem Menschen passieren kann, ist, geliebt zu werden. Die Liebe ist die einzige Antwort auf das schmerzliche Gefühl von Bedeutungslosigkeit und Einsamkeit, das immer wieder in uns hochkriecht. Und die großartige Wahrheit ist, dass jeder Einzelne von uns wirklich geliebt wird und schon immer geliebt worden ist.

Gottes Liebe ist der Mittelpunkt des ganzen Universums, der Erde, Europas, Deutschlands, Sachsens, Glauchaus, der Oberstadt, der Sonnenstraße, des zweiten Stockes, meines Büros. Eigentlich ein verrückter und unfassbarer Gedanke. Gott wendet sich uns Menschen zu. In unsere Unvollkommenheit, Unvollständigkeit und Begrenztheit – mit anderen Worten: in unser spezielles Lebens-(Spielplatz-)-Chaos mit seinen Bedrängnissen – spricht er seine entwaffnende Liebesantwort hinein. Er flüstert uns zu: „Ich habe dich schon immer geliebt!" (Jeremia 31,3)

Gottes innige, zärtliche und umarmende Liebe gilt uns ganz persönlich. Sie befreit uns. Sie entwaffnet uns und andere. Sie umfängt und umklammert uns. Sie hält uns fest, wenn wir mit unserem Leben im Kiesbett gelandet sind, egal ob mit oder ohne Polizei.

13. Sechzehn Jahre jünger

Aufzug oder Treppe? Ich entschied mich für die sportliche Variante. Kurz darauf stand ich im sechsten Stock. Unter der Klingel lehnte ein schwungvoll geschriebenes Schild: „Wellness-Analyse". Ich war gespannt.

Die freundliche Dame notierte persönliche Daten und dirigierte mich auf eine unscheinbare Körperfettwaage in der Ecke. Rechts und links in der Hand hielt ich zwei Kabel. Ein leiser Summton signalisierte: „Fertig." Während ich es mir in einem Korbsessel bequem machte, begann der Druckerkopf übers Papier zu sprinten. Dann lag sie vor mir: die Wellness-Analyse-Auswertung.

Die Beraterin betrachtete mit mir auf einer Skala von tiefrot bis hellgrün meinen Körper. Gewicht dunkelgrün. Fettanteil hellgrün. Wasseranteil hellgrün. Muskelmasse dunkelgrün. Körperbauwert dunkelgrün. Grundumsatz hellgrün. Organfett hellgrün. BMI dunkelgrün. Knochenmasse hellgrün. „Herr Jope, Sie können stolz sein. Bei Ihnen ist alles im grünen Bereich! Ihr biologisches Alter liegt momentan bei vierundzwanzig Jahren." Wow, da war ich als Vierzig(!)jähriger gekommen und konnte als „Vierundzwanzigjähriger" mit einem Schmunzeln und federnder Leichtigkeit die Praxis verlassen.

Ich denke zwei Jahre zurück. Ich sitze vor meinem Tagebuch. Die Hose beginnt zu spannen. Den Weg zur Arbeit mit dem Fahrrad finde ich schweißtreibend. Nachts kann ich oft nicht abschalten. Ich versacke vor dem Fernseher. Mein Gefühlsleben ist sehr unausgeglichen. Ich notiere: Wenn du noch neunundzwanzig Jahre in diesem Job arbeiten willst, dann solltest du anfangen, etwas für deinen körperlichen Ausgleich zu tun. Ich beginne zu laufen. Erst zwanzig Minuten, dann dreißig, dann vierzig …

Als ich meinen ersten Halbmarathon bewältigt habe und nach mehr als zwei Stunden ins Ziel keuche, denke ich: Wie kann man nur den ganzen Marathon schaffen? Als ich dann nach vier Stunden und dreiundvierzig Minuten glücklich meinen ersten Marathon beende, denke ich mir … Nein, man muss es nicht übertreiben. Gesundheit ist und bleibt ein Geschenk. Auch dem Tod kann Mann und Frau nicht davonjoggen. Aber man kann trotzdem etwas für die Gesundheit tun – nicht morgen, übermorgen, sondern heute.

„Von nichts kommt nichts", heißt es in einem

Sprichwort. Gute und gesunde innere und äußere Wellnesswerte fliegen einem nur selten im Schlaf zu (Ausnahme Psalm 127). Ausdauertraining tut not, nicht nur für den Körper, sondern auch für Erziehung, Ehe, Freundschaften. Die Siege, das Ankommen, der Zieleinlauf … werden nicht im Rampenlicht vorbereitet. Gerade dort, wo noch nichts sichtbar ist, wird das Fitsein entscheidend vorbereitet. In den Minuten, den Stunden beim Laufen im Schnee, auf Eis, im Regen, an grauen kalten Winterabenden, indem ich langsam laufen lernte und meinem inneren Schweinehund Hausverbot erteilte.

Lust auf jünger werden und gut fühlen? Na, dann los. „Nicht das Beginnen wird belohnt, sondern einzig und allein das Durchhalten", sagt die Mystikerin und Kirchenlehrerin Katharina von Siena.

14. An der Hand des Vaters

Der Sprecher forderte die Drei- bis Sechsjährigen auf, sich an den Start zu begeben. Ich beugte mich zu meiner Tochter hinunter, die sich fasziniert der ohrenbetäubenden Trommlergruppe zugewandt hatte, und gab ihr zu verstehen: Dein 300-Meter-Lauf beginnt gleich. Kurz darauf standen wir unter dem Startband. Um uns herum wurden noch eifrig Startnummern angesteckt, Nasen geputzt, Turnschuhe geschnürt und Jacken ausgezogen. Von der Aufregung angesteckt, streckte Anna mir ihre Arme entgegen. Sie drückte sich fest an mich.

Dann begann der Sprecher zu zählen. Zehn, neun, acht, sieben, sechs, fünf, vier, drei, zwei, eins. Start. Ein Pistolenschuss krachte. Eine Sirene heulte. Während meine Tochter und andere noch wie erstarrt dastanden, rannten die Älteren los. Einen Moment später griff eine kleine Hand fest in die meine. Wir begannen beide loszulaufen.

„Komm, Anna, renn. Prima! Du schaffst das!"

Ich feuerte meine Tochter an. Während ich mich noch fragte, ob es wirklich nötig sei, mich so „zum Affen zu machen", purzelten drei Kinder vor uns hilflos übereinander, rannte ein weinendes Mädchen in die falsche Richtung, blieb ein kleiner Junge mit verlorenem Schuh an der Seite sitzen. Anna rannte in ihrem Tempo, aber meine Hand half ihr um die Hindernisse herum, gab ihr die Zielrichtung vor, vermittelte ihr Halt und Sicherheit, bewahrte sie davor, hinzufallen und sich zu verletzen.

Eine alte Geschichte in der Bibel erzählt auch von einem Lauf, einem Lebenslauf. Ein junger Mann geht an den Start. Er klopft sich auf die Schulter: Ich schaffe das auch ohne die Hand des Vaters. Der Vater klammert nicht, sondern lässt ihn los. Top ausgerüstet geht der junge Mann an den Start. Nach den ersten Metern liegt er gut im Rennen. Doch bald verliert er das Ziel aus den Augen. Er stolpert über sich und andere. Er verliert die Bodenhaftung. Er knickt ein. Er verletzt sich. Er gerät ins Abseits. Dort im Getümmel, ganz unten, frustriert, gott-los und mit Tränen in den Augen erinnert er sich: „An der Hand meines Vaters hatte ich es gut!" (Lukas 15,17)

Gott streckt seine Hand nach uns Menschen aus, damit wir den Lebenslauf gemeistert bekommen. Doch die Hand klammert nicht. Gott zerrt niemanden über die Ziellinie, in seine Richtung.

Seine Hand ist kein Überflugangebot. Im Gegenteil: Sie bewahrt uns nicht vor unüberwindbar scheinenden Hindernissen, schweißtreibenden Anstrengungen, unklaren Wegen, unüberwindlich scheinenden Bergen und engen Stellen, aber sie gibt Halt und führt auf dem Weg zum Ziel.

„An der Hand meines Vaters hatte ich es gut!" Das konnte meine Tochter im Ziel über ihren irdischen Vater bestätigen. Begeistert hüpfte sie über die Ziellinie und bekam dort ein Plüschpferd als Preis überreicht.

Auch der himmlische Vater will uns im Ziel feiern, stolz in die Augen schauen, die Wunden verbinden, uns ermutigend in die Arme schließen … Damit wir dorthin gelangen, sollten wir seine Hand nicht ausschlagen, sondern im Getummel des Lebens mutig nach ihr greifen.

15. Die Schildkröte beim Stabhochsprung

Der Computer signalisiert mir: Es besteht keine Netzverbindung. Ich kann weder E-Mails abrufen noch auf die aktuellsten Nachrichten zugreifen. Kein Problem, denke ich mir! Do it yourself! Wäre doch gelacht, wenn ich das Ding nicht wieder zum Laufen bringe.

Fieberhaft versuche ich, den Fehler zu finden. Ich klicke mich durch das Innenleben meines Computers. Minuten und Stunden verfliegen. Meine Frau ruft zum Essen.

„Ich hab's gleich!"

Der erste freie Urlaubsabend schmilzt dahin. Das Buch bleibt ungelesen. Noch im Bett grüble ich über die Fehlermeldung des Computers nach.

Neuer Tag, neues Glück? Nein, ich bekomme die Panne trotz aller Mühe nicht behoben. Etwas kleinlaut und gefrustet wähle ich die Nummer des befreundeten Fachmannes. Eine Stunde später sitzt er vor meinem PC. Still und leise tanzen seine Finger über die Tastatur. Kurz darauf kann ich meine elektronische Post wieder lesen und mir die aktuellen Zugverbindungen nach Chemnitz ausdrucken.

Wie gut, dass es Fachmänner und Fachfrauen gibt, die mir vor Augen führen: Zu manchem bin ich vielleicht so ungeeignet wie eine Schildkröte zum Stabhochsprung. Wir kommen im Leben an Grenzen. Wir machen die Erfahrung: Wir können nicht alles, und wir müssen auch gar nicht alles können.

Der Theologe Magnus Malm beschreibt die Wahrheit so: „Wir müssen erkennen, dass wir nicht mehr Gott sein müssen." Das lässt mich aufatmen. Ich muss nicht mehr wie Gott sein. Ich muss nicht mehr dem „Ich-bin-der-alles-super-Könner-Bild" hinterherhetzen. Ich darf zu meiner Begrenztheit stehen und muss nicht mehr krampfhaft mein „Ich" aufblasen.

Das fällt mir nicht in den Schoß. Das fällt mir schwer, richtig schwer, denn die zentrale Frage, die sich hinter dem „Ich-bekomm-das-alles-hin"-Image verbirgt, ist doch die: Was macht meinen Wert aus? Was macht mich liebenswert? Dass ich ein perfekter Alleskönner bin? Kirchenvater Augustinus setzt meinem „Stabhochsprungversuch als Schildkröte" entgegen: „Gott liebt uns – das macht uns liebenswert."

Das muss ich mir (immer wieder) auf der Zunge zergehen lassen: Ich bin ein geliebtes Geschöpf von unendlichem Wert, auch wenn ich vielleicht am Herd, beim Auspuff- oder Reifenwechsel, beim Hochbettbau für die Kinder, dem Lohnsteuerjahresausgleich, dem Kommunikationsversuch in einer Fremdsprache … eine gefühlte Niete bin. Gott wünscht sich menschliche Schildkröten, die sich mit ihren persönlichen Grenzen versöhnen, die entspannt das Leben angehen, die um ihre Stärken wissen und sich Giraffen, Kängurus oder Springmäuse für die unüberwindbaren (Computer-) Hindernisse zu Hilfe holen, ganz im Sinne von Paulus, der an die Do-it-yourself-Typen in Galatien schrieb: „Kümmert euch um die Schwierigkeiten und Probleme des anderen, und tragt die Last gemeinsam. Auf diese Weise verwirklicht ihr, was Christus von euch erwartet" (Galater 6,2).

16. Runter vom Gas

Wir haben an einem 29. Februar geheiratet. Das spart Geld. Ich brauche nur alle vier Jahre Blumen zu besorgen.

Den dritten richtigen Hochzeitstag wollten wir in der Sonne verbringen. Wir hatten zwei Wochen Kreta in der Vorsaison vor der Vorsaison gebucht. Drei Tage vor unserem Start berichtete das heute-journal von massiven Schneefällen in Griechenland. Auf dem Athener Flughafen ging nichts mehr. Zwei Tage später landeten wir mit sechseinhalb Stunden Verspätung auf Kreta. Müde trotteten wir hinter dem „Hoteltaxifahrer", einem deutschen Studenten, her. Wir ließen uns auf die Rückbank fallen und freuten uns schon auf den wärmenden Kamin, einen Rotwein und griechischen Salat.

Zweieinhalb Stunden später. Wir rasten immer noch die engen Serpentinen hoch und runter. Der Fahrer gab Gas. Er schaltete hektisch und murmelte dabei: „Komisch, die Gegend kenne ich gar nicht!"

Zwei Minuten später verkündete er: „Jetzt weiß ich wieder, wo ich bin!"

Wieder einige Kilometer weiter bemerkte er: „Ich muss die Abfahrt verpasst haben."

Mit Vollgas raste er über die inzwischen nächtliche Insel. Irgendwann kamen wir durch einen kleinen Ort. Unser Fahrer trat erneut das Gaspedal durch, weil er den Ort nicht kannte. Am Ortsausgangsschild wurde es uns zu bunt. Ingrid konnte ihn überzeugen, endlich anzuhalten. Eine Karte war im Auto nicht zu finden. Also kramten wir unseren Reiseführer aus dem Koffer. Beim Blick auf die Inselübersicht stellten wir fest: Wir fuhren seit ca. anderthalb Stunden in die entgegengesetzte Richtung.

Manchmal kann es sehr ratsam sein, den Fuß vom Gaspedal zu nehmen, auch auf der Lebensfahrt. Wir leben in einer extrem beschleunigten Zeit. Schnelligkeit ist gefragt in der Kommunikation, beim Essen, in Beziehungen, an der Arbeit. Wir rasen und hetzen durchs Leben. Eines der ersten Worte meiner Tochter lautete „nell, nell, nell!" Das saß und machte nachdenklich.

Aber die Gleichung: „Schneller gleich besser und richtiger" geht in Wirklichkeit nicht auf. Geschwindigkeit bringt uns nicht automatisch ins Ziel. Im Gegenteil: Was uns an Richtung fehlt, können wir nicht dadurch wettmachen, dass wir umso entschlossener aufs Gaspedal treten! Von daher kann es manchmal richtiger sein, auf Mitfahrer zu hören, den Blinker zu setzen, rechts ranzufahren, in der frischen Luft einmal kräftig durchzuatmen, sich auf der Karte einen Überblick zu verschaffen und dann gegebenenfalls umzudrehen.

Salomo kannte zwar noch keine Autos, und doch war ihm die Gaspedallebensmentalität nicht ganz unbekannt. Den Tempomachern ruft er von der Rückbank entgegen: „Wer guten Rat in den Wind schlägt, muss die Folgen tragen; wer sich etwas sagen lässt, wird belohnt" (Sprüche 14,13).

Treten Sie noch oder bremsen Sie schon? Unser Fahrer tat es zu spät. Wir kamen nach Mitternacht im Hotel an. Uns war nicht mehr nach Kamin und Rotweinbelohnung zumute. Fröstelnd verkrochen wir uns, versehen mit einer Lebenslektion, statt in den Liegestuhl am Mittelmeer ins Bett.

17. Nur Zweiter

Als Mitarbeiter auf einer Freizeit leitete ich eine Fahrradwerkstatt. Neben dem Fahrradverleih, den Kursen in Schrauben, Ölen und Flicken bot ich auch geführte Radtouren an. Als Höhepunkt der Woche kristallisierte sich ein fünf Kilometer langes Bergzeitfahren heraus. Es gab ein gelbes Trikot zu gewinnen.

Sechzehn Teenager und drei Mitarbeiter hatten sich angemeldet. Es war ein sehr heißer Tag. Im Dreißig-Sekunden-Abstand starteten wir. Ich rollte los, als Vorletzter. Mein Herz klopfte. Mein Ehrgeiz trieb mich an. Kämpferisch trat ich in die Pedale der alten Klapperkiste. Ich keuchte nach und nach an fünf vor mir gestarteten Jugendlichen vorbei. Mein Puls raste an der Oberkante. Der Gipfelpunkt kam in Sicht. Ich stieg aus dem Sattel und strapazierte nochmals sämtliche Kettenglieder. Plötzlich knallte es. Die abgelutschte Kette rutschte über den Zahnkranz. Ich trat ins Leere und die Kiste brach in den Straßengraben aus. Um nicht zu stürzen, balancierte ich das Gefährt mit den Füßen aus. Dabei fing ich mir einen schmerzhaften Schlag der Pedale gegen den Knöchel ein.

Mit zusammengebissenen Zähnen und Tränen in den Augen schob ich das altersschwache Rennrad auf den Asphalt zurück.

Was hatte mich dieses Malheur gekostet? Atemlos schoss ich die sieben Serpentinen nach unten, überquerte völlig ausgepumpt und mit einem blutenden Knöchel die Ziellinie. Mit unterdrücktem Atem und zitternden Beinen schaute ich den Mädels, die die Zeit stoppten, über die Schulter. Zwölf Minuten drei Sekunden. Super! Ich überflog triumphierend die anderen Zeiten: Achtzehn Minuten, vierzehn Minuten, neunzehn Minuten, sechzehn Minuten, zehneinhalb Minuten!

Wie bitte? Unmöglich! Das gibt's doch nicht! Mein Brummschädel diktierte mir: „Die Mädels sind einfach zu blöd zum Zeitstoppen! Die haben sich verrechnet! Das lag an meinem Sturz! Ich hatte eindeutig das schlechtere Fahrrad! Der hat heimlich trainiert!" Mein Ehrgeiz wollte es nicht verkraften, dass mir ein sechzehnjähriger „Jungspund" eineinhalb Minuten abgenommen hat.

Eine halbe Stunde später konnte ich darüber lachen. Ich konnte dem Ersten von Herzen gratulieren und ihm das gelbe Trikot überreichen. Ich freute mich auch über den zweiten Platz und freute mich noch mehr darüber, dass Gott solche

Ehrgeizlinge wie mich auch noch gebraucht, segnet und lieb hat.

Wie ich darauf komme? Weil Gott gerade solche Unheilige zu seinen Heiligen macht. Jakob hieß der Typ. Auch ihm reichte es nicht, nur Zweiter zu sein, hintendran zu stehen, anderen den Vortritt zu lassen. „Ich, ich, ich" lautete seine Devise. Er ließ sich von seinem Ehrgeiz beherrschen. Er suchte Ausflüchte, er kämpfte bis zum Umfallen, nur um den Segen Gottes zu ergattern.

Und Gott? Der hatte Humor, einen langen Atem und einen Umweg parat. Und auf diesem verschlungenen Pfad wuchs ein fähiger und reifer Charakter heran, der am Ende über sich lachen, sich seiner Vergangenheit stellen und anderen dienen konnte. Jakob wird vom Lügner zum Segensträger, aber es braucht scheinbar den schmerzlichen Abstieg, die Straßengrabenerfahrung, den blutenden Knöchel, um zu sich und zu Gott zu kommen. Gott hat Hoffnung, auch und gerade für die Zweiten.

18. Auf der Bahnsteigkante des Lebens

Meine Oma war gestorben. An einem Mittwoch sollte die Beisetzungsfeier sein. Nur gab es da ein Problem: Durch Deutschland zog sich ein Eiserner Vorhang. Ich saß mit meinen Eltern in Hessen. Meine Oma sollte in Sachsen beigesetzt werden. Nach einigem diplomatischen Hin und Her bekam meine Mutter ein Einreisevisum ausgestellt. Auf diesem stand: Einreiseerlaubnis mit einer Begleitperson erteilt … Kurzerhand entschied ich mich, mit meiner Mutter mitzufahren.

Wir stiegen in den Interzonenzug Richtung Dresden. Gegen Mitternacht hielt der D-Zug am hell erleuchteten Grenzübergang. Unfreundliche Grenzer rissen die Abteiltüren auf, ließen sich die Pässe zeigen, warfen einen Blick in Taschen und Koffer. Zwei Minuten vor der Abfahrt hallten schwere Schritte auf dem Gang. Unsere Abteiltür wurde aufgerissen. Ein etwas untersetzter Offizier fragte, ob ein Herr Jope hier sei. Da außer mir keine weitere männliche Person im Abteil war, bejahte ich die Frage. „Nehmen Sie bitte Ihr Gepäck und kommen Sie mit …“ Ich stieg aus dem

Zug und folgte dem Offizier, eskortiert von zwei bewaffneten Soldaten.

In meinem Kopf hämmerte es: Worum geht es? Wohin bringen die mich? Was wollen die von mir? Ich hörte einen Pfiff, der Zug fuhr ohne mich ab. Wir liefen durch ein Labyrinth von unterirdischen Gängen. Eine Uhr zeigte null Uhr einundzwanzig. Ich wurde in einen zellenartigen Raum gebracht. Da saß ich nun mit unruhigem Herzen, ein Sechzehnjähriger, verschwunden an der innerdeutschen Grenze.

Was machte mich trotz allem zuversichtlich? Ich wusste, dass mich mein Vater raushaut. Ich wusste, dass ich in diesem kahlen Kellerraum nicht vergessen war. Die Telefone liefen in dieser Nacht zwischen Bonn und Ost-Berlin heiß. Ministerialbeamte, ja, der Bundesminister für innerdeutsche Beziehungen schalteten sich ein. Nach einer durchwachten, angstvollen und aufregenden Nacht wurde ich gegen Mittag von drei Grenzsoldaten nach Eisenach begleitet und dort in den Zug nach Leipzig gesetzt. Während ich von der Bildfläche verschwunden war, nichts tun konnte, hatte sich mein Vater im Hintergrund für mich eingesetzt.

Gott der Vater setzt sich im Hintergrund für

seine Kinder ein. Er denkt an uns, wenn wir ihn im Zug des Lebens vergessen haben, ihn vielleicht sogar frustriert oder schulterzuckend vor die Tür gesetzt haben. Dieser Gott ist dabei, wenn wir an Grenzen kommen, wenn wir frustriert, unerfüllt, hungrig und durstig in den Zellen und an den Bahnsteigen des Lebens stranden. Dieser Gott ist dabei, wenn wir an der falschen Stelle ausgestiegen oder gar unfreiwillig rausgeholt worden sind. Dieser Gott setzt sich für uns ein, der haut uns raus, der läuft uns nach, der liebt uns und telefoniert sich für uns die Finger wund.

Ja, Gott klopft im Hintergrund ein Leben lang bei uns an. Das Loch in unserer Seele lässt sich nicht zuspachteln. Dieses Loch in uns wird nur gefüllt durch den Gott, der Sehnsucht nach uns hat. Wie schrieb schon Kirchenvater Augustinus: „Du hast uns zu dir hin geschaffen, Gott – und unruhig ist unser Herz, bis es Ruhe findet in dir."

Wo immer wir auch stehen und versackt sind: Gott haut uns raus. Er setzt sich im Hintergrund liebend für uns ein.

19. „Hezlich Glück!"

Auf dem Nachhauseweg zuckelten wir beim Vietnamesen vorbei. Der Strauß Tulpen aus der Garage, die als Laden dienen musste, erschien mir als ein echtes Kontrastprogramm zu dem wolkenverhangenen, nasskalten Märztag.

Ich fragte meine Tochter: „Sollen wir der Mama ein paar Blumen kaufen?"

„Jaaaaaaaaaaa!", schallte es mir strahlend entgegen.

Einen Augenblick später saß Anna beglückt im Wagen und ich schwitzte von der Mittelstadt in die Oberstadt. Stolz drückte sie den Strauß Tulpen an sich. Unterwegs versuchte ich ihr zu erklären: „Das ist eine Überraschung für Mama. Wenn wir heimkommen, schleichen wir uns das Treppenhaus hoch und dann darfst du die Tulpen zu Mama bringen und sagen: Gute Besserung!"

Falten legten sich auf das kleine Gesicht. Es arbeitete. Zwei Minuten später plapperte es unter mir aus dem fahrbaren Untersatz: „Und hezlich Glück sage!"

Ich lachte und versuchte ihr zu vermitteln: „Ähm, Anna, wenn jemand krank ist, sagt man

‚Gute Besserung', und wenn jemand Geburtstag hat, sagt man ‚Herzlichen Glückwunsch!'"

Sie blickte mich fragend an.

Wenige Minuten später schloss ich die Haustür auf. Von wegen geheimnisvoll anschleichen. Das begeisterte „Mama! Mama! Mama!" schallte es im Forte vom Erdgeschoss bis in den zweiten Stock. Das Schuhe-Ausziehen ging nicht schnell genug. Anna sauste durch den Flur. Vor dem Schlafzimmer legte sie die Blumen ab, stellte sich auf die Zehenspitzen und fingerte konzentriert nach der Türklinke. Die Tür schnappte auf. Sie griff nach den Blumen und rannte strahlend einmal um das Bett. Und dann sprudelte es nur so aus ihr heraus:

„Gute Besseung! Mama wiede gesund!"

Tiefes Luftholen!

„Hezlich Glück!"

Unsere zweijährige Tochter konnte kein Geheimnis für sich behalten. Es platzt bis heute so richtig überschwänglich, begeisternd, echt und frisch aus ihr heraus. Und das steckt an und überzieht graue Momente mit einem Schleier von Faszination, Glück und Staunen. Ihre Begeisterung über Alltäglichkeiten ist phänomenal; sie kann den Kohlmeisen auf dem Kirschbaum vor ihrem

Fenster gelten, dem Sammeln und Zertreten von weißen Knallerbsen, dem Mond, der am Himmel zu bewundern ist, dem Schornsteinfeger auf dem Dach, dem sie rasch zuwinkt, dem Wagnis eines Blicks in den geöffneten Stromverteilerkasten (Beglückter O-Ton: „Ich haaaaaaaaaaaab den Strom gesehen!"). Schon oft hat mich (und andere) diese Begeisterung herausgerissen aus trübsinnigen, traurigen und müden Gedanken.

Anna ist kein lammfrommer Engel, aber sie ist, wie eine Freundin sagte, eine echte „Wolkenschieberin". Sie kann an einem verhangenen, trüben und nasskalten Tag schmunzelnde und strahlende „Wolkenlücken" auf Gesichter zaubern. In ihrer unbekümmerten Art, Freude zu zeigen und Freude zu verteilen, stupst sie mich an, die Welt nicht nur aus der Perspektive eines 40-Jährigen zu betrachten, sondern den Zauber von Gewöhnlichkeiten aus den Augen einer Zwei-, Drei-, Vier- oder Fünfjährigen ins eigene Leben zu holen. Das spontane „Gute Besseung! Mama wiede gesund! Hezlich Glück!" fordert mich auf, Freude nicht auf den zweiten Stock zu verschieben oder sie gar in geregelte Bahnen lenken zu wollen, sondern sie im Heute und Jetzt wahrzunehmen, zu genießen und zu verschenken.

20. Harter Tag

Wir waren unterwegs in Dänemark. Wir strampelten die Nordseeküste rauf. Nach gut einer Woche waren wir richtig fit. Die Ausrüstung stimmte: gute Fahrräder, leichtes Gepäck, wasserdichte Packtaschen, große Wasserflaschen, Goretexjacken, Sturmstreichhölzer, warme Schlafsäcke, ein kleines Zelt … Trotz der guten Voraussetzungen wurde es ein harter Tag.

Im Sonnenschein hatten wir unser Zelt zusammengepackt. Wir waren schon fast neunzig Kilometer inmitten von endlosen Schafweiden und Deichen vorangekommen, als uns eine kräftige Regenfront entgegenkam. Der Wind blies von vorne. Bis zum anvisierten Campingplatz waren es noch zweiundzwanzig Kilometer.

Wir strampelten. Wir schwitzten. Wir gaben alles. Der Regen begann. Die kleinen Tropfen verwandelten sich zu einer Flut. Es prasselte nur so auf uns herab. Und mitten in diesen Sturzbächen machte es plötzlich aus meinem Hinterrad „pffffffffffffffffffff". Da standen wir mit gutem Material mitten im Wolkenbruch. Der Ersatzschlauch hatte schon am Vortag dran glauben müssen. Von daher half nur flicken. Wer schon mal ein Fahrrad geflickt hat, der weiß: Der Fahrradflicken hält nur auf einem fettfreien und trockenen Schlauch. Weit und breit waren kein Baum und kein Unterstand zu sehen. So kauerte ich völlig durchweicht in einer wilden Konstruktion aus Iso-Matte und umgestülptem Kochtopf, um einen Flicken einigermaßen trocken auf dem Schlauch zu platzieren.

Vielleicht denkt mancher von Ihnen jetzt: Das ist doch kein Urlaub. Stimmt. Das ist kein Urlaub. Das ist die Realität meines Lebens. Leben ist Kampf, ist die Aneinanderreihung von harten und schweren Tagen, besteht aus Bewältigung von Nacken- und Tiefschlägen.

Leben ist keine Schönwetterreise und keine Urlaubstour bei eitel Sonnenschein mit Rückenwind. Wir geraten in Wolkenbrüche, in Stürme, wir fahren uns Platten an den unmöglichsten Stellen. Die Versprechungen, mit denen Christen da und dort zu einem Leben mit Gott einladen, entsprechen nicht meiner Wirklichkeit.

„Komm zu Jesus und alles wird neu."

„Komm zu Jesus und du bist auf der Gewinnerseite."

„Komm zu Jesus, er nimmt dir deine Sorgen und Probleme."

Sicher hilft mir Jesus. Aber auch mit ihm kann es hart und herb werden. Gott lässt es eben nicht nur regnen über den Ungerechten, sondern auch über den Gerechten. Leben, Mannsein, Nachfolge ... beinhaltet Kampf, da kommt man ohne Nasswerden nicht aus.

Christsein ist kein Sahnehäubchen des Lebens, keine Versicherungspolice gegen die Unabwägbarkeiten des Lebens, keine Tablette gegen die Schmerzen. Paulus schmiert seinen Leuten keinen Honig um den Mund. Gewiss, wir Christen tragen das Überwinder-Gen der Liebe Gottes in uns. „Wir werden über das alles triumphieren, weil Christus uns so geliebt hat ...", schreibt Paulus an die Gemeinde in Rom (Römer 3,37).

Ja, aber eben erst am Ende. Bis dahin wird noch so mancher Regenguss über uns hereinbrechen, uns die Verzweiflung beschleichen, uns die Angst in Beschlag nehmen, werden uns sprichwörtlich die „Felle davonschwimmen", wird uns das Leben manch unverdaulichen Brocken zumuten.

Leben ist nicht immer Urlaub. Aber vom Ende her gesehen wurde dieser harte Tag ein wunderschöner Tag, denn es erwartete uns eine heiße Dusche, ein wohlig warmes Jugendherbergszimmer, eine dampfende Nudelsuppe, ein heißer Kakao.

21. Australien im Sandkasten

Völlig versunken saß meine Tochter im Sandkasten. Sie schaufelte. Sie backte. Sie siebte. Sie grub. Sie klopfte fest. Sie tat das, was sie tat, ganz. Sie war ganz bei sich und ihrem Spiel. Sie genoss den Moment, den Augenblick, das Jetzt, die Gegenwart. Das faszinierte mich, forderte mich heraus, stachelte mich an, der ich mich so oft bei dem Gedanken ertappe: Wenn ich erst einmal …, dann …!

Sein großer Traum war es, einmal mit seiner Frau nach Australien zu fliegen. Vor dem Hausbau sagte er sich: „Wenn ich erst mal drin bin, dann …!"

Nachdem der Sohn geboren war, meinte er: „Wenn er erst mal aus dem Gröbsten raus ist, er in den Kindergarten geht, dann …!"

Mit einem Freund gründete er eine Firma. Nach einem arbeitsreichen Jahr kam es ihm wieder in den Sinn: „Wenn die Firma erst einmal läuft, wir noch ein paar Angestellte mehr haben, dann …!"

Kurz nach der Mittagspause setzte bei dem Enddreißiger das Herz aus. Im Vorgespräch zur Beerdigung entgegnete mir die Frau: „Ich möchte nie mehr das Feiern und Genießen aufs Morgen verschieben nach dem Motto: „Wenn …, dann …!"

Unser Leben ist endlich und es ist mit Mühe, Arbeit und Stress verbunden, aber mitten in den Unfertigkeiten will und muss es auch gefeiert, genossen und ausgekostet werden. Das empfiehlt uns zumindest der weise Salomo. „Eines habe ich begriffen: Das größte Glück genießt ein Mensch in dem kurzen Leben, das Gott ihm gibt, wenn er isst und trinkt und es sich gut gehen lässt bei aller Mühe" (Prediger 5,17).

Ich habe dort am Grab wieder einmal begriffen: Ja, es gibt so schöne „Sandkästen" in Gottes wunderbarer Welt im Heute und Jetzt zu erobern, zu sehen, zu bestaunen, zu genießen, zu feiern. Das Lagerfeuer, das gestern brannte oder das ich morgen anzünden werde, wärmt mich heute nicht. Die Schreibtischlampe, die ich gestern anknipste, erleuchtet nicht heute mein Tagebuch. Der Liegestuhl, in dem ich momentan liege, wird nicht erst morgen bequem. Das Glas Wein, das ich gestern Abend nach der Sitzung mit meiner Frau trank, schmeckt nicht erst morgen am besten, sondern in dem Moment, wo ich den Tropfen auf Zunge und Lippen zerfließen lasse.

Unser Leben ist kurz, deshalb ermutigt uns Salomo zu einem präsenten Leben im Heute, Jetzt und Hier. Von Salomo und von Kindern können wir lernen; das uns geschenkte Leben mit seinen kleinen und großen Freuden mit allen Fasern des Herzens zu genießen und nicht aufs Morgen zu verschieben.

Legen Sie sich eine Sandschaufel neben den Computer oder auf die Werkbank, die Sie erinnert, ganz in der Gegenwart zu leben und das Leben nicht auf die Formel „Wenn ..., dann ...!" zu reduzieren. Was sind Ihre größten Träume? Was würden Sie gerne einmal schmecken, sehen, riechen, ausprobieren? Verschieben Sie die Träume nicht nur aufs Morgen oder Übermorgen, sondern fliegen Sie nach dem Sandkastenbesuch mit Sohn oder Tochter den kleinen oder großen „Australienträumen" entgegen.

22. Die komische Frau

Kannst du mir noch die Schuhe zubinden?"
Ich knie mich vor den kleinen blauen Stuhl.
Eine kleine rosa Jacke beginnt, die Treppe nach
unten zu stiefeln. Auf dem Kopf sitzt ein blauer
Janoschhelm. Während ich mir noch die Schuhe
zubinde, höre ich, wie dem alten, etwas schlurfen-
den Hausmeister im ersten Stock in einem wich-
tigen Ton erklärt wird: „Der Helm kann auch blin-
kern, wenn es dunkel wird."

„Wo willst du denn hin, Anna?"

„Mit Papa in den *Netto*. Da gibt's Schokoladenpudding."

„Ihr geht also einkaufen?"

„Nein, ich fahre mit meinem Laufrad!"

Inzwischen bin ich bei dem Hausgespräch an-
gelangt. Anna hopst fröhlich weiter. Vor der Haustür stelle ich ihren Flitzer auf die Platten. Im Nu
saust sie die Schräge hoch. Vor der Gartentür je-
doch bleibt sie abrupt stehen.

„Anna, es geht da lang und nicht über die
Straße."

„Ich will aber oben langfahren!"

„Warum denn das? Das ist doch viel länger!"

„Na, wegen der komischen Frau in dem alten Haus!"

„Was für eine komische Frau?"

„Na, die, die immer aus dem Fenster guckt!"

In mein Schmunzeln hinein purzeln die Fragen.

„Hat die eigentlich keinen Mann? Wo ist eigentlich der ihre Mama? Ist das vielleicht so eine Hexe wie im Märchen?"

Ich weiß keine Antwort, erkläre aber meinem Laufradpiloten, dass wir uns aus Zeitgründen keine Umwege leisten können. Als wir in die Straße einbiegen, ist stecknadelkopfgroß das Haupt der Frau bereits zu erkennen.

„Da guckt sie wieder!"

Während wir der Nummer 32 näher kommen, wechseln zwei kleine Gummireifen ihre Fahrspur von links nach rechts neben mir. Ein vom Leben gezeichnetes Gesicht strahlt freundlich auf uns herunter. Meine Tochter bekommt nichts davon mit. Sie blickt stur nach unten und gibt „Pfeffer", um den Ort der Angst schleunigst hinter sich zu bringen.

Während ich meiner Tochter lächelnd nachschaue, schießt es mir durch den Kopf: Wie gehe ich mit den Dingen um, die mir Unbehagen bereiten? Welche Taktik, welche Umwege, welche Aus- und Einreden lege ich mir zurecht, um an den „komischen Frauen" meines Lebens nicht vorbeizumüssen? Die kindliche „Vermeidungsstrategie" kommt mir plötzlich altbekannt vor. Die kenne ich doch zur Genüge. Da sollte ich dieses Gespräch führen, jene Sache endlich angehen, den Mist lassen, diese Ecke aufräumen, den Weg einschlagen, dort einmal anrufen, da eine Sache in Ordnung bringen …

Und was mache ich? Ich weiche aus. Ich bremse abrupt, eiere herum, trödle, schiebe nach hinten, finde eine Ausrede. Der mutige Weg meiner Tochter führt mir vor Augen: Der Weg aus der Angst führt mitten durch die Angst hindurch. Ich will mich den „komischen Frauen" (und vielleicht auch Männern ☺) in meinem Leben stellen.

Umwege können manchmal okay sein, aber auf die Dauer sind sie kindisch. Wie antwortete meine Tochter auf meine Nachfrage: „War es schlimm, bei der komischen Frau vorbeizulaufen?"

„Nöööööö!"

Und verputzte grinsend ihren Schokoladenpudding.

Na, dann bis zum nächsten Einkauf – garantiert ohne Umweg.

23. Linzer Torte

Die Finger liegen in Lauerstellung auf den Tasten. Sie nehmen Anlauf. Sie federn, sie trommeln nervös auf den kleinen Plastikbuchstaben herum. Sie hoffen, erhaschte Konsonanten, Worte und Sätze zu einer Hausarbeit zusammenfügen zu können. Doch nichts passiert. Der Bildschirm bleibt leer, wie die zwei abgegriffenen Tassen auf dem Schreibtisch und der Kopf, der die zehn Freunde zum Joggen über die Tastaturfelder schicken sollte. Während sich meine Gedanken nach der dritten Cappuccinotasse ausstrecken, mein Blick an den tanzenden Schneeflocken hängen bleibt, ich mich danach sehne, frei zu sein wie der Rabe auf der Antenne auf dem gegenüberliegenden Abbruchhaus, klingelt es.

Ich schlüpfe in die Hausschuhe und öffne. Draußen steht meine Nachbarin. Gestern hatte sie Geburtstag. Am Achtzigsten war die Bude voll. Bürgermeister, Pfarrer, Vereinsvorsitzende, Familie und Nachbarn hatten sich gedrängelt. Jetzt war es wieder ruhig. Zu ruhig. Sie wünschte sich Gesellschaft. Ich sehnte mich nach Ablenkung. Eine kleine Pause kann nicht schaden.

Kurz darauf saß ich auf der abgewetzten Eckbank. Über mir falteten sich Dürers betende Hände. Eine alte Standuhr warf dumpf tickend ihr Echo in den Raum. Dunkelrote Samtvorhänge und engmaschige Gardinen sorgten für eine gefühlte Vorverlegung der Dämmerung. Während die Kaffeemaschine röchelnd mit dem Wasser rang, kamen wir ins Gespräch über das Wetter, ihren Gesundheitszustand, ihren Achtzigsten.

Manches warf sie durcheinander, manches wiederholte sich, aber ihre Augen strahlten ins Halbdunkle über die (un)freiwillige Nachmittagsunterhaltung. Schließlich raffte sie sich stöhnend auf und holte Kaffee und Kuchen herbei. Während sie mir den tiefschwarzen Kaffee (der mich abends am Schreibtisch noch lange wach hielt) in die kleinen chinesischen Tassen eingoss, pries sie mir ihre Linzer Torte, Mutters Hausrezept, an, die „sogar der Pfarrer und der Bürgermeister sehr gelobt hätten".

Ob ich nicht ein Stück davon probieren mochte? Ich aß eines. Ich lobte ihre Backkunst, ihr Familienrezept, ihren geschmacklichen Volltreffer. Ein zweites ließ ich mir noch aufnötigen. Das dritte und vierte drängte sie mir für die Kaffeepause am nächsten Tag auf. Abgefüttert bedankte ich mich artig, entschuldigte mich wegen der noch anstehenden Arbeit. Neunzig Sekunden später flitzten meine Finger beflügelt von der Pause und der Linzer Torte über die Tastatur. Als sich später die Wohnungsschlüssel im Schloss umdrehten, wandte ich mich mehr als zufrieden auf meinem Schreibtischstuhl dem Geräusch entgegen. Ich umarmte meine Frau, nahm ihr Tasche und Jacke ab.

„Essen wir gleich Abendbrot?"

„Ja, ich mache mich noch ein bisschen frisch."

„Gut, und ich speichere meinen Artikel ab und drucke ihn zum Durchlesen aus."

Ich klickte auf „Drucken" und schlug die Bücher zu. Plötzlich rief es aus der Küche: „Rüdiger, was ist das?"

„Meinst du den Kuchen? Frau Schmidt hatte doch gestern ihren Achtzigsten. Sie hat mich heute Nachmittag zu Kaffee und Linzer Torte genötigt."

„Und, hast du von der Torte gegessen?"

„Ja, zwei Stück. Sie wollte mir sogar noch ein drittes Stück aufnötigen, aber dann fiel mir zum Glück ein, dass du ja morgen zum Kaffeetrinken da bist."

„Ich freue mich auch schon auf den freien Nachmittag, aber diesen Kuchen werde ich wohl nicht essen."

„Warum?"

Ich stand auf und ging in die Küche.

„Darum", antwortete meine Frau und zeigte auf die zwei Stücke in der hellen Küche. Ich schaute genauer hin. Im Halbdunkel bei der Nachbarin war mir dies entgangen: Die Linzer Torte war mit einem feinen weißen Schimmelüberzug garniert.

Ich prustete lachend los. Ich und sämtliche Honoratioren hatten den ‚Puderzucker' im Halbdunklen genossen. Das Licht brachte nun die ungenießbare Wahrheit zutage. Bei Licht besehen gehörte diese Leckerei auf den Kompost.

Abends liegen wir kichernd im Bett und schlafen doch getröstet ein. Warum? Weil Gott mit den Linzer-Torten-Stücken unseres Lebens ganz ähnlich verfährt. Trotz des Schimmels, der unser Leben da und dort überzieht, lässt Gott sich auf Menschen im Halbdunkel vom Typ „Linzer Torte", „Frankfurter Würstchen" oder „Berliner" ein. Er verabscheut uns nicht, sondern ermutigt uns, ins Licht zu treten und uns trotz und mit den Schimmelecken und Kanten lieben zu lassen. Bei der nächsten Kaffeeeinladung denke ich bestimmt in einem doppelten Sinne daran: „Vertraut euch dem Licht an … dann werdet ihr im Licht leben" (Johannes 12,36).

24. 1:7-Niederlage

Ich spielte gerne Fußball. Wochenendspiele ließ mein Terminkalender nicht zu, aber ich hatte einen freien Abend. Und genau an diesem Mittwochabend trainierten immer die Männer vom Fanklub Rot-Weiß. Bald schwitzte ich regelmäßig mit auf dem Platz. Hinterher saßen wir meist in der Vereinskneipe zusammen und redeten über Fußball und sahen uns die Champions-League-Spiele an. Da wir noch keine Flimmerkiste in der Wohnung hatten, war das für mich ein echter Volltreffer.

Ich sehe mich noch da sitzen: Champions-League-Halbfinale Borussia Dortmund gegen Ich-weiß-nicht-mehr-wen. Ich genehmige mir gerade einen großen Schluck aus meinem Glas Radler, da quatscht mich Ralph quer über den Tisch an: „Hey, Rüdiger, stimmt das, dass du Priester bist?"

Ich weiß nicht mehr, ob ich gehustet habe, aber in dem Moment war das Spiel gelaufen. Ich wollte ungestört Fußball schauen, aber meine Mitspieler sahen mich plötzlich alle an. Eine muntere Kirchendiskussion kam in Gang. Jeder brachte seine schlechten christlichen Erfahrungen auf den

Tisch, und ab da war ich für alle nur noch „unser Pfarrer".

Zwei Wochen später hatten wir mittwochs ein Spiel. Ich hatte uns eins zu null in Front geschossen. Jetzt lagen wir mit eins zu sieben hinten. Wieder wurde ein Pass auf mich schlampig abgespielt. Ein etwas mit Pfunden gesegneter Mitspieler schrie mich an: „Mensch, Pfarrer, lauf!"

Der Ball war nicht zu erreichen. Ich schrie ein paar unzitierbare Worte zurück. Hinterher habe ich mich bei meinem Sportskollegen entschuldigt. Jetzt ging es plötzlich nicht mehr nur um Oberflächlichkeiten. Die merkten: Mensch, der ist genauso ein Scheusal wie wir.

Drei Wochen vor Weihnachten klingelte das Telefon. Am anderen Ende war die Frau des Vereinsvorsitzenden.

„Du, Rüdiger, am zweiundzwanzigsten Dezember findet unsere Weihnachtsfeier statt. Wenn wir jetzt schon so einen Pfarrer im Verein haben, kann der doch auch was sagen, ne. So vom Beruf her und so. Passt doch gut zum Essen, zum Trinken, zur Tombola und zur Stimmung."

Ich machte einen Luftsprung. Geile Chance!

Von wegen! Ich begann fieberhaft in meinem Terminkalender nach dem Mauseloch zu blättern.

Mist, Samstag, der Zweiundzwanzigste, ist leider noch frei. Aber Sonntag, den Dreiundzwanzigsten, habe ich zum Glück Gottesdienst.

Ich höre mich noch sagen: „Du, Monika, leider bin ich da schon ausgebucht. Du weißt schon, Weihnachtsstress, viele Gottesdienste und so. Vielleicht nächstes Jahr. Okay? Danke für die Anfrage. Tschüss!"

Klack! Es tutete. Da saß ich Feigling. Da hatte ich die Chance, auf einer Weihnachtsfeier über die wirkliche Weihnachtsfreude zu reden. Und was machte ich? Ich kniff! Ich redete mich raus! Ich drosch Phrasen! Mich packte die pure Angst!

Zehn Minuten später griff ich zum Hörer.

„Du, Monika, ähm, ich würde es doch machen."

Die machte einen Luftsprung und ich saß da und hoffte, dass Jesus vor dem Zweiundzwanzigsten wiederkommen würde.

Jesus ließ mich diesbezüglich im Stich, der Weihnachtsfeierabend kam. Nach der obligatorischen Begrüßung durch den Vereinsvorsitzenden und dem grottenschlecht gesungenen „Schneeflöckchen, Weißröckchen" war ich dran. Aufgeregt stellte ich mich in der Kneipe vorne hin.

Ich weiß nicht mehr, worüber ich geredet habe.

Es war jedenfalls kurz, knackig und ehrlich, und es hatte mit dem Leben der Familien zu tun. Mein „Amen" ging im Applaus unter, mancher Mann klopfte mir beim Gang zum kalten Büfett verstohlen auf die Schulter. Und plötzlich verstand ich, was Eberhard Arnold mit seinem Ausspruch gemeint hat: „Unsere Welt schreit nicht nach Traktaten, sondern nach Taten."

Wofür eine 1:7-Niederlage gut sein kann …

25. Der Herr ist mein Trainer

Das Telefon klingelte. Monika war am anderen Ende.

„Du, Rüdiger, ich werde nächsten Monat fünfzig. Ich wollte dem da oben Mal danken. Ich bin dem Tod in meinem Leben schon drei Mal von der Schippe gesprungen. Und wenn wir schon einen Pfarrer im Verein haben. Das wird zwar nicht allen passen, dass ein Pfarrer bei meinem Geburtstag ein paar Worte spricht, aber ich will das gern."

Der Geburtstag kam und Monika leitete meine Worte nach dem Trinkspruch ein: „Wenn wir schon einen Pfarrer im Verein haben, dachte ich mir, können wir doch dem da oben mal danken, denn ich bin dem Tod schon drei Mal von der Schippe gesprungen."

Der gute Hirte aus Psalm 23 wurde zum Trainer, das tiefe Tal zum Abseits, zur Blutgrätsche, zum Eigentor, zum Abpfiff des Lebens …

Vier Wochen später steht Frank, der Torwart, mit seiner Mutter vor der Wohnungstür. Seine Augen sind gerötet. Es purzelt nur so aus ihm heraus.

„Abpfiff, Rüdiger … Mein Vater ist plötzlich verstorben. Mit der Kirche hatte der nix am Hut … der evangelische Pfarrer hat es abgelehnt, ihn zu beerdigen. Würdest du …?"

Da saßen sie vor mir, die Vereinskameraden, die Frohnaturen. Soeben standen sie noch witzelnd beieinander und nun lag einer von ihnen in der belächelten Kiste. Am offenen Grab fielen keine derben und lockeren Sprüche. Der sportliche Abgesang verklang in Tränen und Schluchzen. Da standen sie, meine lieben Helden, und beteten mit den Kopien in der Hand: „Vater unser im Himmel …"

Und ich kniff nicht. Ich redete von meiner Hoffnung, meiner Liebe, meinem Glauben. Ob sie es begriffen haben? Ich weiß es nicht, aber wie schreibt Jeremias Gotthelf: „Herr, unser Gott, du hast unzählige stille Wege, auf denen du möglich machst, was unmöglich scheint. Gestern war noch nichts sichtbar, heute nicht viel, aber morgen steht es vollendet da, und nun erst gewahren wir rückblickend, wie du unmerklich schufst, was wir unter großem Lärm nicht zustande gebracht haben."

In diesem Sinne will ich offen sein für die Anrufe und Anklopfer Gottes, egal ob auf oder neben dem Spielfeld des Lebens.

26. Haifischangeln

Das Fischerboot sollte mich mit fünfzehn anderen um sechs Uhr morgens auf hohe See zum Haifischangeln bringen. Das Boot legte ab. Nach etwa einer Stunde stampfte und schaukelte unsere Nussschale inmitten von Wellen so hoch wie Zweifamilienhäuser. Ein kleiner Junge, der mit seinem Opa das Abenteuer gebucht hatte, machte den Anfang und lehnte sich über die Reling. Da die Wellen so gewaltig rollten (der Kapitän bezeichnete das als normal), robbte auch ich fast fünf Stunden lang immer wieder von meinem Sitzplatz über die Planken, um immer wieder den längst leeren Magen auszuräumen. Ich wünschte mir nichts sehnlicher als festen Boden unter den Füßen.

Vielleicht ist das eines der größten Missverständnisse im Bezug auf den Glauben: Wenn ich nur richtig Christ bin und die anderen auch, dann läuft alles glatt in meinem Leben, dann habe ich keine Schmerzen. Jesus hat uns das nie versprochen. Im Gegenteil. Jesus schickte seine Jünger mitten in die Wellen (Markus 6,45-52).

Also Haifischfüttern gehört dazu! Und seine

Jünger kämpfen und würgen. Sie stemmen sich mit letzter Kraft gegen den mächtigen Wind. Aber der treibt sie ab. Später, viel später kommt Jesus zu ihnen. Dazwischen liegen endlose Stunden des Kampfes bis zur Erschöpfung, Gefühle der Verlassenheit, Lehnen über der Reling, Zweifel, Tränen, vermutlich Streit untereinander und Angst, die gestandene Männer laut aufschreien ließ …

Wer sich auf den Weg mit Gott einlässt, muss mit Turbulenzen rechnen. Zu unserem Menschsein und zu unserem Christsein gehört es, dass wir Schwierigkeiten erleben.

Mal sind das unverschuldete schmerzhafte Ereignisse, für die es keine logischen Erklärungen gibt. Ein anderes Mal fügen Menschen sich gegenseitig Leid zu. Auf dem Weg mit Jesus haben diese Erfahrungen eines gemeinsam: Jesus will uns nicht trotz dieser Schwierigkeiten, sondern gerade in ihnen, in den Wellentälern, in dem Auf und Ab begegnen. Gerade dort, wo wir die Haie füttern, statt sie zu fangen, ist er dabei, kommt er uns entgegen, streckt er uns seine Arme entgegen. So, wie Eva von Tiele-Winckler schrieb: „Friede ist nicht die Abwesenheit allen Kampfes, sondern die Anwesenheit Gottes mitten in allem Kampf."

In diesem Sinne war dies sicher nicht mein letztes Haifischfüttern – auch wenn mir Angeln lieber ist.

27. Fünfundfünfzig Stichlinge

Anangeln 1980 am Elsterwerdaer Floßkanal. Es galt, an diesem kalten Apriltag den schwersten Fisch herauszuholen. Vierundsiebzig Plätze wurden verlost.

Wir stiefelten mit zwei einfachen Angeln bewaffnet an den monumental und zum Teil futuristisch anmutenden Angelausrüstungen der Erwachsenen vorbei. Wir Chaoten hatten „zufällig" die letzten, die schlechtesten, die abseitigen Plätze dreiundsiebzig und vierundsiebzig erwischt.

Die gestandenen Angler in ihren Campingstühlen feixten über uns sechs Steppkes. Mit Mais, Maden, Drei-Sterne-Kartoffeln und einem Teig, der nach Vanille roch, lagen sie vier Stunden still auf der Lauer, um den großen Karpfen an die Angel zu bekommen. Wir dagegen probierten es belächelt mit Regenwürmern aus Mamas Kompost.

Wurm auf den Haken und Schwimmer rein ins Wasser. Nach zehn Minuten fing die Posse an zu zucken. Als sie unterging, zog ich sie aus dem Wasser. Und siehe da, am Wurm hatte sich ein fünf Zentimeter langer Stichling festgesaugt. Fisch ist Fisch, dachte ich mir, und wir angelten uns gegenseitig anfeuernd in dieser kindlich naiven Art weiter. Nach vier Stunden schwammen fünfundfünfzig Stichlinge im Eimer. Stolz marschierten wir zur Waage. Da die großen Brocken an diesem Morgen scheinbar die Vanilleköstlichkeiten verschmähten, landete ich mit meinen gesammelten Gramm Fisch stolz auf dem Siegerpodest. Der Angelvereinsvorsitzende gratulierte mir und überreichte mir die Medaille.

Dreißig Jahre später sehe ich in Gedanken die Gesichter noch vor mir – die freudestrahlenden Gesichter meiner Freunde, die über diesen Coup ebenso begeistert waren, und die verkniffenen Gesichter der Profis, die mit leeren Händen den Triumph der lauten, lärmenden und unfachmännischen Kinderanglertruppe mitfeiern mussten.

Fünfundfünfzig belächelte Stichlinge sind mehr als nichts. Fünfundfünfzig belächelte Stichlinge können ganz schön viel sein. Fünfundfünfzig belächelte Stichlinge können ein Triumph sein. Fünfundfünfzig Stichlinge erinnern mich daran, dass es im Leben nicht entscheidend ist, auf den großen Fisch zu warten, sondern richtiger ist, die kleinen Fische an Land zu ziehen und dabei die Erfahrung zu machen, die schon (Angler-)Meister Jesus allen Petrijüngern verklickerte: „Ebenso werden die Letzten einmal die Ersten sein, und die Ersten die Letzten" (Matthäus 20,16).

Na dann: „Petri Heil" beim Kleine-Fische-Fangen!

28. Gott redet leise

Der neue leitende Pfarrer einer großen Jugendkirche hatte sich bei mir angekündigt. Er wollte unser Jugendgottesdienstkonzept kennenlernen. Ich war richtig aufgeregt. Der hohe Besuch kam, der Kaffee war etwas dünn geraten. Wir sprachen zweieinhalb Stunden über unser Projekt. Am Ende unserer Begegnung nagte in mir eine innere Stimme: „Rüdiger, bete für diesen Menschen."

In mir wehrte sich alles. „Du machst dich lächerlich, wenn hier einer beten kann und sollte, dann müsste er das machen. Du blamierst dich garantiert."

Ich rang mit mir. Schließlich löste sich der Kloß im Hals. Ich fragte ihn etwas stockend, ob ich für ihn beten und ihn segnen dürfe. Seine Augen strahlten mich an.

Während ich dem Mann die Hände auflegte und für ihn betete, liefen ihm Tränen übers Gesicht. Hinterher rang er leise um Worte: „Ich hetze jetzt seit Monaten durch Sitzungen und Gremien, aber für mich gebetet hat noch nie jemand …"

Später schrieb er uns: „Nach etlichen Begegnungen und ernüchternden Entdeckungen auf der Suche nach Gottes Wirken in dieser Stadt war das Erleben Eures Lebens und Eurer Arbeit ein erster Schritt auf meinem Weg hin zu Hoffnung für diese Stadt. Ihr ahnt nicht, wie wichtig dies für mein Ankommen in dieser Stadt und ja, für meine Arbeit hier war …"

Wow! Es verschlägt mir noch heute die Sprache, wenn ich diese Zeilen lese. Mir ging an diesem Nachmittag auf: Die Stimme Gottes ist im Alltagstrubel, in den Stürmen der Woche sehr leise und deshalb leicht zu überhören. Dies wird uns in der Bibel mehrmals sehr eindrücklich geschildert. Ohne auf die leise Stimme zu hören, hätte der Prophet Samuel den Falschen zum König gesalbt, hätte sich Hananias nicht zum Christenverfolger Paulus aufgemacht, hätte sich Paulus nicht mit dem Evangelium nach Europa bequemt …

Gott redet leise in unser Leben. Wer auf die leise Stimme hört, wird sich neben der beglückenden Gotteserfahrung auch Unruhe, Ärger, Neid und Unverständnis einhandeln oder sich selbst in Bewegung setzen müssen.

Da saß ich auf meinem Stille-Zeit-Kissen und las in dem Buch *Leben mit Vision*. Doch statt geistlicher Visionen tauchten ständig ein paar Worte vor mir auf, die ich meiner Frau gesagt hatte, die aber nicht so ganz der Wahrheit entsprachen. Da war sie wieder, die Stimme Gottes, die leise in mein Heute und Jetzt spricht und nach kleinen, mutigen Lebensantworten verlangt.

29. Etwas ist besser als nichts

Direkt nach Roland Freislers Urteil wird Sophie Scholl in die Todeszelle gebracht. Sie brüllt sich ihren Schmerz aus der Seele. Sie schreibt einen Abschiedsbrief. Ein letztes Mal tritt sie ihren Eltern entgegen. Wortlos schauen sie sich eine Weile an. Der Vater bekundet seinen Stolz. Der weinenden Mutter ruft Sophie tröstend entgegen: „Wir sehen uns in der Ewigkeit wieder." Der Gefängnisgeistliche segnet sie für den letzten Gang. Die Aufseherin gewährt ihr zusammen mit ihrem Bruder Hans und Christoph Probst eine letzte Zigarette, dann wird sie zum Schafott geführt. Sie legt den Kopf unter die Guillotine. Die Leinwand wird schwarz. Das Fallbeil saust hörbar nach unten.

Erschüttert, ja gelähmt versank ich im Kinosessel. Der Film *Sophie Scholl – Die letzten Tage* ging mir unter die Haut. Er wühlte mich auf und stieß mich an. Bei Hans Scholls letzten Worten „Es lebe die Freiheit!" liefen mir die Tränen übers Gesicht.

Drei junge Menschen wurden hingerichtet, weil sie Flugblätter verteilt hatten. Während ich mich noch fragte, ob sich diese Hingabe gelohnt hat, blendete die Kamera in den Himmel. Zwei Flugzeuge zogen vorbei. Die Sprecherstimme erzählte von Hunderttausenden Flugblättern der „Weißen Rose", die von englischen Jagdfliegern über Deutschland in den folgenden Monaten abgeworfen wurden.

Bundespräsident Theodor Heuss sagte später: „So wurde das tapfere Sterben der jungen Menschen, die gegen die Phrase und die Lüge die Reinheit der Gesinnung und den Mut zur Wahrheit setzten, im Auslöschen ihres Lebens zu einem Sieg."

Das mutige, scheinbar sinnlose Engagement der Geschwister Scholl führt mir vor Augen: Etwas ist besser als nichts.

Das dachten sich auch diese Menschen. Die neunzehnjährige Sozialpädagogikstudentin Ditmara investierte sich in ihrer Freizeit in eine Horde von Teenagern. Diese dankten ihr den Einsatz, indem sie ihren fahrbaren Untersatz, eine Ente, so lange vorne und hinten nach oben hoben, bis sich die Motoraufhängung löste.

Der sechzigjährige katholische Religionslehrer schwitzte vor zweihundert Berufsschülern, die nur in der Schulweihnachtsfeier saßen, damit sie nicht in den Betrieb mussten. Der sechsundzwanzig-jährige Zivildienstleistende investierte sich in das Beziehungschaos eines zwanzigjährigen Mitzivis.

Dass ich zu dem wurde, der ich bin, hat damit zu tun, dass Menschen Liebe, Geduld, Ausdauer, Mut, Kreativität … investierten nach dem Motto: Etwas ist besser als nichts. Dass ich menschliche und geistliche Wurzeln bekam, hat mit dieser Teenagermitarbeiterin zu tun, die mich Chaoten aushielt. Dass ich meinen Glauben nicht verlor, verdanke ich diesem Religionslehrer. Dass ich seit achtzehn Jahren glücklich verheiratet bin, daran hat der Mitzivi einen entscheidenden Anteil.

Die Sophies, Karls, Dietrichs, Ditmaras, Uwes, Martins, Peters … erinnern mich daran, nicht im (Kino-)Sessel des Lebens zu versacken, sondern im Kleinen aktiv zu werden, denn: Etwas ist besser als nichts.

30. Windschattengeber

Auf den Punkt genau hatte ich den Zehnwochentrainingsplan abtrainiert. Fit auf den Punkt stand ich am Start meines ersten Marathons. Ich hatte genug Kilometer in den Beinen. Der Kohlehydrat- und Flüssigkeitsspeicher war aufgefüllt. Die eingelaufenen Schuhe saßen perfekt. Die Nummer Zwanzig prangte auf meinem Brustkorb. Meine leichte Bekleidung passte hervorragend zu den Temperaturen und dem (noch) leicht bewölkten Sommerhimmel. Meine Muskeln hatte ich aufgewärmt und ausreichend gedehnt. In der Trikottasche steckte eine vitaminreiche Notration. Jetzt konnte es losgehen.

Freudig aufgeregt begab ich mich an den Start. Nach dem mit Musik untermalten Countdown hallte der Schuss über den Marktplatz. Die Läuferkarawane setzte sich in Bewegung. Ich bremste mich: Rüdiger, geh die Strecke langsam an. Es lief perfekt. Ich fühlte mich gut. Es machte Spaß bis Kilometer siebenundzwanzig.

Ich quälte mich gerade eine etwa zwei Kilometer lange leichte Steigung hoch. Die Sonne stand im Zenit. Die Zunge klebte am Gaumen.

Ich fantasierte mich an eine ganze Kiste eiskalte Cola. Noch drei Kilometer bis zur nächsten Erfrischungsstation.

Ich befand mich in einer Sinnkrise. Absolute Einsamkeit beschlich mich. Zwischen den Deichen verloren sich keine Zuschauer. Mitläufer hatte ich seit fünfzehn Kilometern nicht mehr gesichtet. Innere Stimmen stellten das „Laufprojekt" infrage, redeten mir ein: „Du kommst doch nicht ans Ziel! Gib auf, warte auf den Mann, der mit dem Fahrrad das Schlusslicht macht, der kann sicher jemanden anrufen, der dich hier abholt ..."

Mitten in dieses innere Ringen ums Aufgeben oder Weiterlaufen schob sich ein fünfundsiebzigjähriger Mann von hinten heran. Er klopfte mir auf die Schulter. Er scherte vor mir ein, gab mir Windschatten, wartete an der nächsten Verpflegungsstation auf mich und reichte mir einen Becher mit Wasser. Wir kamen ins Gespräch. Er lief seinen 1004. Marathon. Er hängte mich nicht ab, sondern zog mich mit seiner Erfahrung durch die Durststrecke, lenkte mich ab von den trüben Gedanken, half mir, den Lauf zu vollenden, den ich mir vorgenommen hatte. Ein Fünfundsiebzigjähriger wurde für einen Vierzigjährigen zum Ermutiger.

Ein Mehr von fünfunddreißig Jahren Erfahrung hilft mir weiter. Könnte dies nicht auch ein Fingerzeig dafür sein, welches große Potenzial noch im sich anbahnenden demografischen Wandel schlummert? Männer und Frauen, Kinder und Jugendliche … brauchen solche Menschen, die sich in der Einsamkeit des Lebensmarathons von hinten heranschieben, die ermutigen, aufhelfen, trösten und Windschatten geben.

Der Zieleinlauf nach vier Stunden und dreiundvierzig Minuten war echt fett. Ich genoss ihn. Das rhythmische Klatschen der Zuschauer beflügelte mich auf den letzten Metern. Hinter dem Zielstrich bekam ich die Finisher-Medaille umgehängt.

Während ich mich mit einem kalten Getränk und einer halben Banane müde aufs Pflaster sinken ließ, kämpfte sich mein Ermutiger zu mir durch. Er gratulierte mir zu dieser Leistung. Den Dank meinerseits wiegelte er ab: Das sei doch normal unter Sportskameraden!

Na dann, Sport frei zum ermutigenden Windschattengeben beim Marathon des Lebens. Und dafür muss man nicht erst fünfundsiebzig Jahre alt werden.

31. Vereiste Scheiben

Während ich mir die Mütze auf den Kopf stülpe und den Hals mit einem Schal umwickele, geht das Licht im Treppenhaus aus. Abermals drücke ich den Knopf, bevor ich die Füße samt Socken in den Winterstiefeln verschwinden lasse. Leise ziehe ich die Wohnungstür zu, damit meine Frau und Tochter noch etwas länger schlummern können. Beim Runtergehen suchen sich meine Finger eilig einen warmen Platz in den Handschuhen.

Ich öffne die Haustür. Ein eisiger Wind schlägt mir entgegen. Minus fünfzehn Grad zeigte das Thermometer an. Quietschend öffnete sich das Gartentor. Während der rechte Fuß den gewohnten Arbeitsweg einschlagen will, erblickt das linke Auge unser Auto. Die Windschutzscheiben sind vereist. Innen und außen blühen kunstvolle kristallene Blumen. Zauberhaft funkeln und glitzern sie im Schein der Laterne. Das wird ein heftiges Kratzen, bevor meine beiden den Weg zum Kindergarten antreten können. Ich zögere einen Moment.

„So viel Zeit hast du noch!", sagt mir eine innere Stimme.

Ich drücke den Knopf am Autoschlüssel. „Klack." Ich muss ein bisschen rütteln, bis ich die Fahrertür aufbekomme. Ich schnappe mir den Kratzer aus der Ablage und rücke den Eisblüten innen auf den Leib. Bald sieht es auf dem Armaturenbrett aus wie auf dem Fußweg: Weiß, wohin das Auge blickt! Bei der Außenarbeit ist mir schon wärmer. Nachdem ich die Scheibenwischer befreit habe, kehre ich die Reste von der Motorhaube. Fertig! Ich packe den Schaber ins Auto und mache mich beschwingt zu Fuß auf den Weg zur Arbeit.

Knapp zwei Stunden später begegne ich meiner Frau. Sie bedankt sich strahlend für den unerwarteten Morgenservice.

Einen Tag später tauschen wir die Rollen. Ich darf liegen bleiben, meine Frau muss arbeiten. Während ich meiner Tochter beim Frühstück die Cornflakes reiche, erklärt sie mir sehr bestimmt: „Die Mama hat dir heute bestimmt auch die Scheiben frei gemacht."

Ich schaue sie etwas fragend an.

Sie doppelt nach: „Das hat die ganz bestimmt gemacht!"

Ich will ihr erklären, dass es heute Nacht gar nicht so kalt gewesen ist und deswegen die Scheiben vermutlich gar nicht zugefroren sind … Ich lasse es.

Eine halbe Stunde später lärmen wir durchs Treppenhaus. Während ich noch in den Briefkasten spicke, ob meine Tageszeitung nicht wieder auf der Autobahn eingeschneit worden ist, läuft Anna voraus. Am Auto empfängt mich ein strahlendes Mädchen.

„Siehst du, Papa, die Mama hat die Scheiben auch freigekratzt."

Ich bringe meine aufgeklärte, erwachsene und logische Erklärung nicht an die kleine Frau. Im Gegenteil: Ich freue mich über dieses kindliche Herz, das dem anderen einfach Gutes unterstellt. Aus dem Rückspiegel strahlt mich die Vierjährige an. Ich starte den Motor und setze den Blinker.

„Kannst du die CD anmachen?", blubbert es aus dem etwas überdimensionierten Schneeanzug.

Ich drücke auf on. Bevor ein Stimmchen leicht verzögert mitzusummen beginnt, atmet es tief durch und schickt die Botschaft nach vorne: „Die Scheiben hat die Mama toll sauber gemacht!"

Ich grinse in mich hinein und wünsche mir etwas von dieser kindlichen Lebenseinstellung zurück. Dem anderen das Grundpositive unterstellen. Dem anderen Gutes zutrauen. Dem Nachbarn, dem Partner, dem Kollegen zutrauen, dass er Gutes im Schilde führt oder wie es in einer Unternehmenscharta heißt: „Wir unterstellen einander zunächst stets die beste Absicht und vertrauen einander."

Auch wenn ich mich nach fünf Wochen Eiskratzen nach einer Garage sehne, diese Unterstellungslektion wärmt mich von innen.

32. Das Schweigen (der Lämmer)

Der Geschmack der Bratwurst haftet noch an meinen Lippen. Während ich versuche, mit meiner Zunge den wunderbaren Geschmack noch etwas zu verlängern, steigt mir der Glühweinduft in die Nase. Das „O du fröhliche" des Posaunenchors von der Bühne mischt sich zu einem merkwürdigen Höreindruck mit dem „O Tannenbaum" aus der erzgebirgischen Kleinkunstbude. Menschenmassen schieben sich durch das enge Schlosstor.

Eine einseitig abgebissene Schokobanane landet im Matsch. Das blonde Mädchen mit der großen lila Bommelmütze fängt an zu weinen. Ich werde aus meinen Gedanken gerissen.

„Ich bin fertig! Jetzt sollen wir endlich weitergehen", drängelt meine Tochter.

Mit der leicht fettverschmierten weißen Serviette wische ich ihr die Brötchenkrümel aus dem Gesicht.

„Am besten nehme ich dich bei diesem Trubel auf meine Schultern."

Kurz darauf fließen wir mit im Strom der Menge. An mein Kinn klammert sich ein glucksendes und vorfreudiges Kind. Etwas abseits wird es ruhiger. Anna bewundert ehrfürchtig die Märchendarstellungen.

„Die Hexe sieht aber gefährlich aus!"

„Da in der Uhr ist noch eine Ziege."

„Da sind aber schöne Zwerge."

Plötzlich stürmt Anna weg. Sie hat ihre Kindergartenfreundin entdeckt. Die beiden schnattern und gestikulieren. Wir Eltern begrüßen uns ebenfalls. Die Frauen haben sofort ihre Themen: Kindergarten, Kinderkrankheiten, Kleidergrößen, Ernährung …

Und wir Männer? Stehen schweigend da. Hände in den Jackentaschen. Innerlich ringe ich nach einem Gesprächseinstieg, einem Gesprächsthema. Doch der Gesprächsfaden lässt sich nicht spinnen. Wir stehen da, stumm und hilflos wie die ausgestopften Lämmer in der Märchenszene.

Ich ärgere mich. Ich will und kann nicht. Ich, der ich mit Buchstaben jonglieren kann, bringe hier keinen Halbsatz raus, fühle mich innerlich blockiert. Wie ein Rettungsversuch greift da hinein die Hand meiner Tochter: „Komm, Papa, wir gehen jetzt zur Musik."

Wenige Augenblicke später stehen wir vor der Bühne. Der Posaunenchor intoniert die Adventsmelodie „O Heiland, reiß die Himmel auf, herab, herab vom Himmel lauf! Reiß ab vom Himmel Tor und Tür, reiß ab, wo Schloss und Riegel für!"

Mein Ärger über mich selbst weicht einem inneren Frieden, einer Zuversicht, dass Gott mit seinen lebensschaffenden und hoffnungsvollen Adventsworten selbst scheinbar sprachlose Lämmer und Hammel dazu bringen kann, miteinander zu reden. Und es funktioniert.

Fünf Wochen später sitzen fünf Männer beieinander. Nach dem Aufwärmtraining am Tischkicker reden wir über Handyverträge, Garantieleistungen, Fliesenlegen, Stromsparen … Dann fällt der Name eines Paares, das sich überraschend getrennt hat.

Ein Schweigen kehrt ein und bringt unsere Gespräche auf eine ganz andere Ebene. Wir fangen an, über uns und unsere Beziehungen zu reden. Wir kehren das Innerste nach außen, werden einander zu Ratgebern, Zuhörern, Mutmachern, Brüdern …

Als ich spät nach Hause komme, grinst meine Frau: „Na, habt ihr wieder so lange getratscht!"

Ich bin glücklich. Noch lange liege ich im Bett, sehne mich nach solchen Sternstunden und leckeren Bratwürsten.

33. Ermutigung für Hohlköpfe

Geschichtsunterricht 9. Klasse. Wir lesen still einen Text. Die Klassenzimmertür geht auf und herein kommt der Lehrer der Parallelklasse. Er klopft meinem Klassenlehrer auf die Schultern und brüllt vernehmlich in den Raum: „Sind bei dir auch lauter Hohlköpfe, die noch nicht einmal wissen, wie der erste Präsident der Bundesrepublik hieß?"

Während ich vor dem Losjoggen einige Dehnungsübungen absolviere, schlendert ein etwa fünfjähriges Mädchen den Weg entlang. In der Hand hat die kleine einen Stock. Mit diesem kritzelt sie ihren Namen in die Erde. Stolz ruft sie ihren Vater. Dieser kommentiert diesen Versuch mit einem vernichtenden: „Das E hat nicht vier Striche und hättest du die Buchstaben nicht so groß gemalt, hätte dein Name auf den Weg gepasst!"

Die Jugendlichen hatten mutig Plakate geklebt und Flyer verteilt. Sie hatten ihre Freunde eingeladen. Sie hatten die Kirche kreativ dekoriert. Sie hatten gesungen, gebetet, moderiert und geschauspielert. Hinterher saßen sie geschafft, aber glücklich auf den Treppenstufen zusammen. Toll, das

war unser erster selbst initiierter Jugendgottes-
dienst. In die Stimmung platzte der Pfarrer hinein:
„Also die Band sollte …, die Moderation hätte …,
die Theatergruppe könnte noch …, früher, ja, da
haben wir …"

Um mich herum breitet sich Entmutigung wie
ein schleichendes Gift aus. Mir begegnen Menschen, denen hat dieses Gift die Lebenskraft ge-
raubt. Infiziert von diesem Erreger stecken sie
andere an. Entmutigung zersetzt, lähmt und tötet.
Der Apostel Paulus verabreicht der Gemeinde in
Thessaloniki ein wirksames Gegenmittel: „Ermutigt einander und baut einander auf!" (1. Thes-
salonicher 5,11)

Sie und ich sind herausgefordert zum Ermutigen. Gar nicht so einfach. Aller Anfang ist schwer,
aber nicht unmöglich. Am besten fangen Sie heute damit an. Machen Sie Ermutigung zu einem
Hauptbestandteil Ihrer Kommunikation. Wenn
Ihnen bei Ihrem Gegenüber etwas Positives auf-
fällt, sagen Sie es ihm. Davon, dass Sie es nur denken, hat der andere nichts. Sie werden leuchtende
Augen beim Chef, Ihrer Frau, Ihrem Mann, Ihrer
Tochter … erleben.

Ein Gramm Lob bewirkt mehr als eine Tonne
Tadel! Probieren Sie es aus.

Ertappen Sie Ihre Familie, Ihre Freunde, Ihre Kollegen, Ihre Nachbarn ... dabei, wenn sie etwas gut gemacht haben. Richten Sie Ihren Blick nicht aufs „sollte, könnte, hätte, damals ...", sondern auf das, was heute, jetzt und hier wirklich gut war!

Achten Sie auf das richtige Verhältnis von Lob und Kritik. Teilen Sie das Lob mit der Suppenkelle und die Kritik mit dem Teelöffel aus. Machen Sie es wie Paulus: Verleihen Sie heute Ihrem Gegenüber an der Werkbank, in der Küche, am Studienplatz, beim Spazieren, an der Bushaltestelle, der Chorprobe ... Flügel, statt sie ihm zu stutzen.

34. Odin statt Jesus

Anna durfte endlich raus aus der Quarantäne. Sie rannte förmlich aus ihrem Krankenhauszimmer. Ich hetzte hinterher, damit der Abstand zwischen ihr und der Infusionsflasche mit Fahrgestell nicht zu groß wurde. Im Spielzimmer angekommen schnappte sie sich ein Puzzle.

„Papa, kannst du mir helfen?" Ich kann.

„Nein, Papa, da kommt das hin!"

„Nein, Papa, so ist es richtig rum!"

Während mich meine Tochter berichtigte, krabbelte ein etwa zweijähriger verschnupfter Junge mit Borstenschnitt neben mich aufs Sofa. Er strahlte mich mit seinen Teddybärknopfaugen an. Aus der Nase tropfte es grünlich. Ich sah mich um. Wo waren seine Eltern?

Inzwischen kuschelte er sich in die Nähe meines Schoßes. Ich reagierte etwas genervt. Bleib bloß weg von meiner Tochter. Eine Lungenentzündung im Anfangsstadium langt. Wir brauchen deine Viren nicht auch noch. Alles in mir klagte: Eltern, kümmert euch endlich um euern Sohn und lasst mich hier mit meiner Tochter in Ruhe spielen.

Mein stiller Vorwurfsruf verhallte. Niemand kam. Also befreite ich die schniefende Nase neben mir. „Mama", hauchte es mir darauf sehnsuchtsvoll entgegen.

Meine Tochter kicherte und begann, den kleinen Zimmergenossen altklug zu belehren: „Das ist doch ein Papa und keine Mama! Papa, der sucht bestimmt seine Mama. Wo ist die?"

Inzwischen bauten wir mit Dominosteinen Ritterburgen und Brücken. Glucksend und tapsig stolperte der Junge durchs Spielzimmer und leerte sämtliche Schubladen auf den Fußboden. Kurz darauf roch es nach übervoller Windel. „Ist für den niemand zuständig?"

In der Mittagspause gab der Heizkörper seltsame Töne von sich. Er vibrierte und summte. Auf dem Weg zur Kaffeekanne vor dem Schwesternzimmer entdeckte ich die Lärmquelle. Im Nachbarzimmer „randalierte" der Knirps mit den drolligen Kuscheltieraugen im hochgezogenen Gitterbett. Mit ganzer Kraft rüttelte er an seiner Begrenzung, die wiederum direkt am Heizkörper stand. Mich durchzuckte ein Schmerz von Einsamkeit und Vergessensein.

Nachmittags saßen wir wieder zu zweit auf dem Sofa. Anna verschlang gerade ihre Nachmittagsmahlzeit. Da kam er wieder um die Ecke gestrahlt. Hinterhergerannt kam eine Krankenschwester.

„Odin, willst du auch was essen?"

Odin nickte. Ich half ihm auf eines der Stühlchen. Unbeholfen fingerte er an seiner Milchschnitte herum.

„Komm, ich helfe dir …"

Wenige Momente später sahen sechs Augen in ein zerlesenes Kinderbuch, bestückten sechs Hände einen Bauernhof mit Tieren, tobten vier Beine mit zwei Puppenwagen über den Stationsflur. Anna, inzwischen infusionsbefreit, sprang mir in die Arme und machte ihrer Begeisterung Luft:

„Papa, ich habe dich lieb!"

Ich warf meine Tochter in die Luft und fing sie lachend wieder auf. Während sie „noch mal" jubelte, ließ Odin die zerzauste, halb nackte Puppe fallen und klammerte sich an mein Bein. Zwei Arme streckten sich mir mit einem „Mama" entgegen.

„Der will auch mal hochgeworfen werden. Der hat vielleicht keine Mama und keinen Papa?"

Im Nu hing Odin in meinen Armen. Er drückte seinen Kopf an den meinen. Seine Arme schlangen sich um meinen Hals. Er hauchte mir etwas feucht ins Ohr: „Mama!"

Dreimal fing ich ein über alles strahlendes Kindergesicht wieder auf, dann stand die Schwester vor mir und erklärte mir, dass ich kein fremdes Kind auf den Arm nehmen dürfe … aus versicherungstechnischen Gründen.

Ich setzte Odin vorsichtig ab. Der verlassene „Kriegsgott", der „Gott der Ekstase" tobte durchs Spielzimmer auf der Suche nach Geborgenheit und Liebe. Der „Gott des Todes" wünschte sich (Familien-)Leben, Beziehung und Zuwendung, aber niemand drückte für ihn den Klingelknopf für Besucher. Tapsig, ja hilflos, tippelte er mir mit dem sehnsuchtsvollen Ausruf „Mama" nach.

Nach fünf Tagen wurden wir entlassen. Bevor ich den elektrischen Türöffner betätigte, gab ich Odin die Hand. Entsetzte Augen sahen mich an. Die Glastür fiel ins Schloss. Ein wimmerndes „Mama!" drang an mein Ohr. Verstohlen wischte ich mir zwei Tränen aus dem Gesicht.

„Odin statt Jesus" las ich kürzlich auf einem Autoaufkleber. So ein Quatsch, durchzuckte es mich. Odin braucht nichts dringender als liebevolle Eltern und Jesus!

35. Einschaltquote

Mit den Badelatschen klapperte ich durch den Hausflur zum Briefkasten. Unten griff ich in die Hosentasche. Mist! Der Briefkastenschlüssel hing oben am Brett.

Kurzerhand öffnete ich die Haustür. Eh, war das kalt! Der kalte Dezemberwind pfiff mir unter den Pullover. Ich öffnete die Klappe und fingerte nach der Tageszeitung.

„Geschafft", jubelte ich innerlich und stürmte beglückt nach oben. Mit einem heißen Malzkaffee ließ ich mich in meinen Lieblingssessel sinken. Ich überflog die Schlagzeilen des Wochenendes. „Stillstand auf dem Klimagipfel!" – „Rüstungsexporte gestiegen" – „Air-France-Absturz, Ursache weiter ungeklärt" – „Hungersnot in Simbabwe" – „Acht Tote bei Anschlag in Kabul" – „Zwei Tote bei Kurden-Protest" – „Totes Baby im Park hat bei Geburt gelebt" – „Mord im Altenheim – Hundertjährige getötet" – „Junge vier Jahre in Schrank gesperrt".

Mich begann es plötzlich wieder zu frösteln. „Bad news are good news." Gute Nachrichten scheinen sich schlecht zu verkaufen. Schlechte Nachrichten steigern die Auflage, machen das

Hinsehen erst interessant, reizvoll und scheinbar zum Genuss. Mir scheint, dort, wo sich andere bekriegen, sich blutig und k.o. schlagen, da wird gefilmt, geklatscht und mitgefiebert. Selber Tag, selbe Zeitung. Auf Seite fünfundzwanzig finden sich die Top Ten der Einschaltquote für den Samstag. Platz eins – Boxen. 11,16 Millionen Menschen hatten zugesehen, wie sich zwei erwachsene Männer gegenseitig die Gesichter blutig und die Gehirnzellen kaputt schlugen.

11,16 Millionen! Hallo, Leute! Mit was füllen wir unsere Gedanken? Was prägt uns? Welchen Dingen setzen wir uns aus? Sicher, es wurde schon immer gekämpft, gerungen, gewürgt und getötet in Roms realem Zirkus. Und es wird auch weiter gestorben im virtuellen Zirkus in den eigenen vier Wänden. Und auch die schlechten Nachrichten werden die Medien weiter beherrschen.

Doch Träumen ist ja erlaubt. Was wäre, wenn 11,16 Millionen Menschen an dem einen Abend das primitive Sich-Schlagen einmal abschalten, den Fernseher matt lassen und dafür eine liebevolle Karte schreiben, dem Kind drei Gute-Nacht-Geschichten am Stück vorlesen, den Mülleimer ohne Aufforderung nach unten bringen, der Nachbarin den Samstagstreppenputz abnehmen, eine spontane Sonntagseinladung aussprechen, einem entmutigten Menschen einen Kuchen backen, einen Zehn-Euro-Schein bei einem Studenten anonym in den Briefkasten stecken, dem Postboten ein Päckchen Kaffee in die Arme drücken, der Ehefrau einen Bummel- und Einkaufsnachmittag freischaufeln … würden.

Machen Sie mit? Schalten Sie Negatives aus und dafür Hoffnung ein. Wie sagte der Reformator Martin Luther: „Wenn ich wüsste, dass morgen die Welt unterginge, würde ich noch heute ein Apfelbäumchen pflanzen!"

Was wäre, wenn 11,16 Millionen Menschen Hoffnung in ihre Umgebung hineintragen, hineinleben, hineinlieben? Die montäglichen Negativschlagzeilen würden sie vielleicht nicht verdrängen, aber zumindest auf der Quotenskala würde „Ein Herz für Kinder" von Platz acht auf Platz eins wandern. Diese Vorstellung ist erwärmend, selbst im kalten Hausflur mit Badelatschen.

Titus Müller

Das kleine Buch
vom Alltagsglück

160 Seiten, Gebunden
ISBN 978-3-7655-1786-0

Der Alltag muss nicht grau sein! Titus Müllers
Erlebnisse und Plaudereien sind der Beweis. Sie
verleiten zum Schmunzeln, weil man sich wieder-
erkennt. Und sie regen zum Nachdenken an: …
über sich selbst und die Menschen, die einem viel
bedeuten … über Arbeit und Freizeit … über das
Leben … über die Liebe … über den Glauben.

Titus Müller erinnert daran, dass man das Leben immer von zwei Seiten betrachten kann. Und
er gibt Tipps, wie und wo man im Alltag kleine,
bunte, glückliche Entdeckungen macht.

BRUNNEN VERLAG GIESSEN
www.brunnen-verlag.de

Titus Müller

Das kleine Buch für Lebenskünstler

160 Seiten, Gebunden
ISBN 978-3-7655-1713-6

Wird man als Lebenskünstler geboren? ‚Nein‘, meint Titus Müller, aber man kann lernen, einer zu werden – und das ist gar nicht so schwer! In diesem Büchlein erzählt der Erfolgsautor von eigenen Erlebnissen und gibt Tipps, wie man es schafft, leichter und spontaner durch den Tag zu gehen, die Geschenke aufzusammeln, die Gott einem täglich vor die Füße legt, und Pannen, die nun mal passieren, nicht so tragisch zu nehmen.

BRUNNEN VERLAG GIESSEN
www.brunnen-verlag.de